Heiße skandinavische Nächte

inkl. "Feuchte Träume"

AF206820

Sex kann die schönste Sache der Welt sein!

Da man sich aber nicht immer zu zweit oder mehreren
vergnügen kann, habe ich Spaß daran,
erotische Kurzgeschichten zu schreiben.
Da mich auch dies in eine sexy Stimmung versetzt.

Genau diese Stimmung macht für mich den Unterschied
zwischen einem normalen und
einem wirklich schönen Tag aus.

Insofern auch an dieser Stelle nochmals meinen
ausdrücklichen Dank an die - teilweise –
wirklich spannenden Männerbekanntschaften
in meinem Leben, die mich zu einigen
der nachfolgenden Geschichten inspiriert haben.

Auch wenn die Stories insgesamt Fiktion sind,
so wird sich doch der ein oder andere
bei kleinen Details wiedererkennen
- dessen bin ich mir sicher!

**Viel Vergnügen und
hoffentlich ganz viele sexy Tage!**

K. D. Michaelis

Heiße skandinavische Nächte

inkl. "Feuchte Träume"

Bibliografische Information der Deutschen National-
bibliothek:
Die Deutsche Nationalbibliothek verzeichnet diese
Publikation in der Deutschen Nationalbibliografie;
detaillierte bibliografische Daten sind im Internet
über http://dnb.dnb.de abrufbar.

© *2017 K. D. Michaelis*

Herstellung und Verlag:
BoD – Books on Demand, Norderstedt

1. Auflage
ISBN: 978-3-744-87403-8

Illustration: © *bezikus / Shotshop.com*

Inhaltsverzeichnis

Feuchte Träume

Inhaltsverzeichnis

Heiße skandinavische Nächte

Feuchte Träume mit und ohne Prinz

Nach eineinhalbstündigem Kampf mit den Hanteln und der Butterfly-Maschine hatte ich für diesen Tag genug vom Fitnessstudio und beschloss, den Tag in der hauseigenen Sauna ausklingen zu lassen.

Ich zog mich in der Umkleidekabine aus und wickelte mich fest in ein Handtuch, während ich überlegte, dass der Typ, der mir schon den ganzen Abend zugelächelt hatte, eigentlich ganz passabel aussah. Ob er wohl liiert war? Vermutlich ja – so ein Prachtexemplar lief sicher nicht mehr frei herum. Seine Muskeln waren schön definiert, ohne dabei zu aufgepumpt zu wirken, was die meisten Bodybuilder im Anzug dann eher dicklich aussehen ließ. Nein, er war genau richtig. Er hatte blonde, mittellange, gepflegte Haare, die er zu einem Pferdeschwanz zusammengebunden trug. Seine braunen Augen spiegelten sein Lächeln wider, und sein wohlgerundeter Hintern würde sich sicherlich in jedem Pin-up-Kalender oder in der Toilettenpapier-Reklame sehr gut machen. Ich fragte mich, ob dieser durchtrainierte Oberkörper wohl behaart war oder nicht, und wie es sich anfühlen mochte, mit den Fingerkuppen darüber zu streichen und dabei jede einzelne Muskelfaser spüren zu können.

Schon eine verlockende Aussicht, diese Pobacken einmal küssen zu können oder mit der Zunge kleine Fantasiemuster darauf zu malen. Ich war mir jedoch sicher, dass er bestimmt noch etwas Besseres zu tun hatte, und so begab ich mich mit einem kurzen, wehmütigen Blick über die Schulter auf den Weg in die Dusche. Schließlich konnte ich – so verschwitzt wie ich war – schlecht direkt in den kleinen heißen Holzverschlag der Sauna. Also drehte ich den Wasserstrahl voll auf und den Duschkopf auf Massage, um mir den Schweißgeruch vom Körper zu schrubben. Das warme Wasser prasselte auf meine nackte Haut und als der harte Wasserstrahl meine Brustwarzen traf, kam mir automatisch wieder mein Trainingspartner von soeben in den Sinn.

Meine Nippel richteten sich auf und wurden sofort hart, wodurch der kräftige Aufprall des Wassers fast schon ein bisschen weh tat. Ich seifte meinen Körper mit nach Orchideen und Vanille duftender Duschlotion ein, wobei meine Hände wie von selbst den Weg zu meinen Brüsten fanden. Ich massierte sie mit sanft kreisenden Bewegungen um die Spitzen herum, umschloss sie mit der ganzen Hand und drückte sie leicht gegeneinander. Zwickte sachte in die Nippel und ließ meine Hände langsam zwischen meine Beine wandern.

Der weiche Schaum fühlte sich angenehm prickelnd an und bildete außerdem einen sehr brauchbaren Gleitfilm. Ich spielte mit einer Hand an meinem Kitzler, bis er - in Erwartung weiterer genussvoller Momente - bereitwillig aus seiner Höhle hervortrat. Mit der anderen Hand knetete ich meine Brustwarze solange, bis ein ganz leichter Schmerz meine Erregung noch weiter verstärkte. Doch irgendwie schienen mein Zeige- und mein Mittelfinger heute nicht genug zu sein, denn selbst als ich diese tief in mich hineingleiten ließ, wollte sich kein wirklicher Orgasmus einstellen.

Zum Glück waren die Duschköpfe hier nicht fest an der Wand angebracht, sondern ließen sich - wie zu Hause - einfach nebst Zuleitung aus der Wandhalterung nehmen. Ich suchte mir mittels Drehung einen nicht ganz so intensiven Massagestrahl aus und spreizte die Beine, sodass ich mir das warme Wasser aus dem verkehrt herum gehaltenen Duschkopf direkt zwischen die Schenkel spritzen lassen konnte. Ich ließ den Wasserschwall meine Schamlippen und meinen Kitzler umspielen, und selbst mein Anus freute sich über so viel ungewohnte Aufmerksamkeit. Ich war inzwischen zwar sehr erregt, aber anscheinend war heute einer dieser Tage, an denen nur ein echter Mann oder zumindest ein guter Vibrator meine Lust wirklich stillen konnten.

Im Augenblick war ich offensichtlich einfach zu abgelenkt. Schließlich handelte es sich hier um eine öffentlich zugängliche Duschkabine meines Fitness-studios. Das Risiko, von einer fremden Person er-wischt zu werden, war zwar einerseits aufregend und sorgte für einen zusätzlichen Kick, aber andererseits hatte ich auch ein Problem, mich nur auf mich selbst und meine Lust zu konzentrieren.

Vielleicht war ja eine meiner Lieblingsfanta-sien die Lösung des Problems? Normalerweise konnte ich damit stets für die gewünschte Entspannung sor-gen. Ich sagte mir, warum also nicht? Einen Versuch war es immerhin wert.

Eigenartigerweise befand ich mich in allen meinen ganz persönlichen Erotikfilmen meines Kopf-kinos immer in der Rolle eines unbeteiligten Beobach-ters und nahm selbst nie aktiv am Geschehen teil. Auch hatten meine Tagträume stets etwas mit Unter-werfung bzw. Dominanz zu tun und waren meist auch dadurch gekennzeichnet, dass es dabei durchaus et-was heftiger zur Sache ging als im realen Leben. Ver-mutlich machte es mich gerade deshalb auch so richtig an. Auch wenn ich live noch nie einen flotten Dreier erlebt hatte, so hinderte mich ja nichts daran, dies wenigstens im meiner Vorstellung zu tun. Kurz ent-schlossen schaltete ich das Licht in der Dusche selbst aus, sodass der große Raum nur noch indirekt durch das Licht der benachbarten Umkleidekabine beleuchtet wurde, welches durch den schmalen Streifen Glasbausteine der Trennwand hindurchschimmerte.

Ich stellte mich in die Ecke und presste meine Brüste fest gegen die gekachelten Wände. Durch die aufsteigende Kälte der Fliesen begannen sich meine Knospen sofort hart aufzustellen. Der warme Wasserfall auf meinem Rücken ergoss sich sanft zwischen meine Schamlippen, als ich ein leichtes Hohlkreuz machte und dabei den Po etwas in die Höhe reckte. Ich drehte den Kopf zur Seite und lehnte mich noch fester gegen die Wand, während mein Mittelfinger auf und ab zuckend das warme Wasser gegen meinen Kitzler schnipste. Ich hatte die Augen halb geschlossen und „nahm in der ersten Reihe meines Erotikfilmchens Platz."

In meiner Vorstellung befand ich mich in einem hohen, dunklen, fensterlosen Raum, der lediglich von einem schweren Kronleuchter aus Holz spärlich erleuchtet war. Er hatte die Form eines überdimensionalen Wagenrades und war mit dicken weißen Kerzen bestückt, die hin und wieder auf den Boden tropften und ein eigenartig platschendes Geräusch verursachten. In Position gehalten wurde er von einer langen schweren Eisenkette, die seitlich an der Wand befestigt war. Offensichtlich ließ sich die Höhe der Deckenleuchte verstellen. Dazu musste nur der quer am Ende der Kette angebrachte Eisenstab einfach nur in der gewünschten Höhe unter der Doppelreihe der nach unten gebogenen, riesigen Eisennägel an der Wand eingehängt werden.

Plötzlich wurde die Stille vom Quietschen eines Türscharniers unterbrochen, und ein schwarz gekleideter Hüne zerrte eine junge, dunkelhaarige

Frau hinter sich in den Raum. Ihre Haare waren hochgesteckt, und sie trug ein dunkelgraues Kostüm mit hochgeschlossener rosa Seidenbluse, schwarze Nylons und hochhackige Pumps. Das auffallende Rot ihrer üppigen Lippen war selbst bei dieser Beleuchtung gut zu erkennen und bildete einen krassen Gegensatz zu ihrer ansonsten sehr züchtigen und geschäftsmäßigen Bekleidung.

Das Gesicht ihres Herrn konnte ich nicht erkennen, da selbst dieses hinter einer schwarzen Latexmaske verborgen war, welche lediglich Aussparungen für Augen und Nase hatte. Der Mund war durch einen geschlossenen Reißverschluss verdeckt. Die dicken Stiefel polterten bei jedem seiner Schritte auf dem Boden. Ohne ein Wort zu sagen, verschränkte er ihre Arme auf dem Rücken und befestigte ein paar Handschellen an ihren Handgelenken. So verpackt setzte er sie auf einen der zwei Stühle, die mitten im Raum standen. Als er sich bückte, konnte ich sehen, dass er über seiner eng am Körper anliegenden Latexhaut noch einen Leder-Harness trug, der seine Männlichkeit mehr betonte als verbarg. Der strammgezogene Gürtelriemen sowie zwei Beinschlaufen aus Leder hielten einen Cockring an seinem Platz, der seinen Penis nach oben zwang. Gleichzeitig war von oben eine Lederlasche recht stramm darüber gezogen, die mittels eines kleinen Vorhängeschlosses gegen unbefugtes Entfernen gesichert zu sein schien.

Der Herr und Meister entfernte sich kurz, aber nur um anschließend mit einer weiteren Frau zurückzukehren, die er trotz ihrer wild strampelnden Befreiungsversuche – ganz lässig unter den Arm geklemmt – herein trug. Da sich diese Lady bei weitem lauter gegen die unsanfte Behandlung wehrte als ihre Kollegin, verpasste er ihr nach den üblichen Handfesseln aus Metall ein schwarzes Leder-Kopfgeschirr. Es bestand zum einen aus einem roten Kunststoff-Mundknebel, der den Mund der Sklavin soweit verschloss, dass nur noch ein ersticktes Gebrabbel vernehmbar war. Als äußeres Gegenstück zum Knebel ragte zum anderen ein prächtiger, schwarz glänzender Latex-Dildo in die Luft, der fest mit dem Geschirr verbunden war.

Er öffnete den Reisverschluss seiner eigenen Maske und raunte der zweiten Sklavin zu: „Ich warne dich, sei endlich still oder du bekommst einen Grund zu schreien."

Seine Stimme war dunkel und leise und doch schwang ein deutlich wahrnehmbarer, bedrohlicher Unterton in seiner Anweisung mit.

Die Sklavin schien zu wissen, was nun folgen würde und obwohl dies sicherlich mit Schmerz verbunden war, verstummte ihr Protest nicht. Im Gegenteil, sie schien es geradezu darauf anzulegen, bestraft zu werden. Sklavin Nr. 1 hingegen saß still auf ihrem Stuhl und beobachtete, wie er der anderen mit einem Ruck die Kleider vom Leib riss und sie binnen einer Sekunde nur noch in weißer, irgendwie unschuldig wirkender Spitzenunterwäsche vor ihm stand. Sie trug keinen BH, sondern nur einen String mit Strapsgürtel und hautfarbene Nylonstrümpfe. Er packte sie am Pferdeschwanz und zwang sie so, mit ihm in die Mitte des Raumes zu kommen und direkt unter dem riesigen Kerzenleuchter stehen zu bleiben. Im Vorbeigehen nahm er einen Gegenstand von einem Beistelltisch, den ich zuerst nicht richtig erkennen konnte. Jetzt stellte sich heraus, dass es sich um einen Karabinerhaken mit Kette handelte, den er in einen am Nackenriemen befindlichen Ring des Kopfgeschirrs einhakte.

Er löste den Querstab des Holzleuchters und ließ ihn erst wieder einrasten, als sich das Wagenrad nur noch knapp über dem Kopf der Sklavin befand. Er befahl ihr, den Oberkörper waagerecht nach vorne zu beugen, und befestigte anschließend die schmale Kette ihres Nackenriemens oben am Wagenrad. Dann streckte er die Hand nach oben und kippte das Holzrad nur minimal in ihre Richtung, was jedoch ausreichend war, dass heißes Kerzenwachs in größeren Mengen auf ihren Rücken lief. Sie stöhnte, konnte sich aber nicht weiter von den Kerzen entfernen, da die Kette dies verhinderte. Aufrichten, um dem Wachs weniger Angriffsfläche zu bieten, konnte sie sich jedoch auch nicht, da ihre Schultern dann zu nahe an die Kerzen heranreichten. Dies würde trotz der verwendeten Niedertemperaturkerzen ausreichen, um ihre Haut tatsächlich zu verbrennen. So wie jetzt, mit mehr Abstand zum Abkühlen, das wusste sie aus Erfahrung, bildeten sich nur kleinere rote Hautverfärbungen, die bereits nach wenigen Tagen mit entsprechender Behandlung wieder verschwunden sein würden. Er gönnte ihr jedoch bald eine Verschnaufpause, indem er dem Deckenleuchter nur noch einen letzten kleinen Schub versetzte. So verteilte sich das flüssige Wachs auf eine größere Fläche und hörte mit dem Auspendeln der Lampe schließlich ganz auf zu tropfen.

Schließlich wollte auch die zweite Sklavin noch betreut werden. Sie senkte automatisch den Blick, als er auf sie zutrat, und rutschte nervös auf ihrem Stuhl hin und her. Mit einem aufklappbaren Taschenmesser begann er, ganz langsam ihren Rock aufzuschneiden. Er entfernte mit jeweils nur einem winzigen Schnitt alle Knöpfe ihres Blazers und ihrer Bluse. Sie hörte jedes Klicken der Knöpfe beim Aufprall auf dem Boden, wagte es aber nicht, die Augen zu öffnen. Ihr Atem ging heftig, und sie stöhnte, als seine Latexhandschuhe endlich ihre nackte Haut berührten, wenn auch nur, um ihre wohlgeformten Brüste ein klein wenig unsanft aus den Körbchen ihres BHs hervorzuholen – ohne ihr diesen auszuziehen.

Er stellte sich mit gespreizten Beinen über ihren Stuhl, ging etwas in die Hocke und befahl ihr, den Mund zu öffnen. Sie saß wie das Kaninchen vor der Schlange da und rührte sich nicht, als er das kleine Vorhängeschloss aufschnappen ließ und den Lederbeutel, der seinen Penis bis jetzt gefangen gehalten hatte, herunterklappte. Er drang tief in ihre Mundhöhle ein.

„Leck dran und saug fester", kam sein eindeutiger Befehl.

Sie konnte sich nicht wehren, da sie sein Gewicht gegen den Stuhl presste und ihre Hände immer noch hinter der Stuhllehne gefesselt waren. Er umfasste ihren Hinterkopf, sodass er seine Penetration so schnell und so tief er wollte fortsetzen konnte. Sie spürte seinen Schwanz hart und groß in ihrem Mund und als er ein paar Mal gegen ihre Mandeln stieß, konnte sie ein Würgen nicht mehr länger unterdrücken.

„So ist es gut. Du weißt, was ich brauche."

Mit diesen Worten ließ der Druck an ihrem Hinterkopf etwas nach, weil seine rechte Hand sich nunmehr um ihren Hals spannte und leicht zudrückte. So konnte er ihre Luftzufuhr noch etwas weiter einengen. Ich sah leichte Panik in ihren Augen aufsteigen. Aber andererseits wurde sie offensichtlich auch immer erregter und nasser – trotz oder gerade wegen der völligen Machtlosigkeit ihrer momentanen Situation.

14

Sie schien sowohl erleichtert, als auch ein wenig enttäuscht zu sein, als er ihren Kopf Minuten später freigab und sie endlich wieder normal atmen konnte. Seine Erregung war nun deutlich sichtbar, und seine Größe hatte erheblich zugenommen. Sie trug noch immer ihren Slip. Er kniete sich vor sie hin, zwang ihre Beine grob auseinander und sog laut hörbar ihren Duft ein, als sich sein Gesicht ganz dicht vor ihren Schamlippen befand. Dann stieß er seine Zunge so heftig gegen den dünnen Stoff ihrer Unterwäsche, dass sie diese trotz der vorhandenen Stoffbarriere deutlich spüren konnte. Schnell fand er auch ihren Kitzler und man merkte ihr das Verlangen, das diese Behandlung in ihr wachrief, deutlich an. Sie rutschte, soweit es ihre Fesseln erlaubten, nach unten und schob ihm gleichzeitig ihren Venushügel fordernd entgegen. Sie begann zu keuchen und bettelte darum, dass er ihr den Slip ausziehen möge. Aber er quälte sie gerne noch etwas länger, bis sie sich wild unter ihm hin und her wand. Dann erst streifte er ihr die Unterwäsche vom Körper.

„Na, wer wird denn so gierig sein und alles für sich alleine haben wollen? Du musst dich noch ein wenig gedulden, meine hübsche Sklavin. Ich bin gleich wieder bei dir. Und damit du mir in der Zwischenzeit nicht wegläufst, brauchen wir zur Sicherheit noch ein paar Fußfesseln. Die Spreizstange dazwischen wird dich zuverlässig davon abhalten, eigene Wege zu gehen."

Sprach's und schnallte ihr die Leder-Fußfesseln eng um die Knöchel. So zur völligen Bewegungslosigkeit verurteilt, konnte sie ihm nur zusehen, wie er sich wieder seiner ersten Sklavin zuwandte.

Diese hatte sich zwischenzeitlich wieder aufgerichtet, nachdem die Kerzen aufgehört hatten zu tropfen. Das Wachs war erkaltet und bildete stellenweise eine feste Schicht auf ihrem Körper. Sie hatte von ihrem Platz aus die Szenerie gut überblicken können und wartete jetzt gespannt darauf, dass sich ihr Herr und Meister wieder mit ihr befassen würde. Seine Latexhandschuhe strichen sanft über ihre Rundungen, um dann festzustellen, dass das Wachs speziell auf ihrem Hinterteil doch ein wenig zu dick war.

„Ich weiß da eine hübsche Methode, um dich schnell von deiner Wachsschicht zu befreien."

Er nahm ein längliches, rotes Leder-Paddel vom Beistelltisch und riet ihr, sich zu entspannen. Anderenfalls würde sie selbst den Schmerzpegel nur noch weiter erhöhen, wenn das Leder auf eine verkrampfte, angespannte Haut aufprallen würde. Er stand seitlich von ihr und das Paddel landete erst sachte, dann fester auf ihrem verlängerten Rücken. Zwischendurch strich er immer wieder behutsam über die inzwischen schon leicht rot verfärbten Backen, sodass sie nie genau wusste, wann sie der nächste mehr oder weniger heftige Schmerz durchzucken würde. Um sie von dem Lederriemen abzulenken, massierten seine Finger nebenbei geschickt ihren glattrasierten Intimbereich.

Als sie seiner Meinung nach sauber und rot genug war, löste er ihre Nackenfessel vom Holzrad und führte sie mittels dieser Kette zu einer Art Laufgang, ähnlich wie man ihn für gewöhnlich beim Verladen von Tieren benutzt. Der schmale Gang hatte einen leicht schrägen, glatten Metallboden, der vorne etwas höher war als am unteren Ende. Außerdem waren links und rechts von dieser schiefen Ebene hohe Gitter angebracht. Mit seinem Kommandoton, der keinen Widerspruch duldete, gab er Sklavin Nr. 1 zu verstehen, dass sie hier warten sollte.

Er ging zu Nr. 2 hinüber, öffnete ihre Handschellen und hob sie hoch. Dann warf er sie sich lässig, wie einen Sack Mehl, über die Schulter und trug auch sie zum Laufgang. Er setzte sie vorne zwischen die Laufgitter und hakte die Fußfesseln am Gitter ein. Dann schloss er das Tor am oberen Ende und befahl Sklavin Nr. 1, den Laufgang auf Knien hoch zu krabbeln. Er löste ihre Handschellen und bog ihre Arme wieder nach vorne, aber nur um sie dort erneut – jetzt auf allen vieren – am Gitter anzuketten.

„Um keine von euch beiden zu benachteiligen, werde ich euch jetzt gleichzeitig ficken. Dazu müsst ihr mir aber etwas zur Hand gehen! Da ich kein Unmensch bin, werde ich es euch etwas einfacher machen und eine ordentliche Ladung Gleitgel auf dem Dildo des Kopfgeschirrs verteilen, damit er leichter reingeht – schließlich ist er ja auch nicht gerade klein. Sklavin Nr. 1 wird damit also schön tief in Nr. 2 eindringen, und ich werde so fest in Nr. 1 stoßen, dass dies auch vorne bei Sklavin Nr. 2 noch spürbar ist. Schließlich sollt ihr beide etwas von meinem harten Schwanz haben!"

Anschließend verteilte er das Wärme-Gel sowohl auf dem Dildo als auch zwischen den Schenkeln von Nr. 2. Dabei verschwand seine Hand so tief, dass Nr. 1 sie nicht mehr sehen konnte. Gut vorbereitet ordnete er an, dass Nr. 1 noch etwas weiter nach oben kommen sollte.

„Verteile das Gel noch besser – einfach nicken! Und dann endlich rein mit dem künstlichen Schwanz! Sehr schön", kommentierte er das Verschwinden der Dildo-Spitze. „Nicht so zaghaft, deine Kollegin ist schon ganz gierig. Gib ruhig etwas mehr Gas – sonst sorge ich dafür."

Doch zuvor prüften seine Finger erst noch die Bereitschaft von Nr. 1, indem er sie hart in ihre feuchte Spalte versenkte. Nachdem er auch hier noch etwas von dem Gel verrieben hatte, lachte er zufrieden und voller Vorfreude. Er wusste, dass das Gel nicht nur für ein leichteres Gleiten, sondern auch für ein immer stärkeres Wärmegefühl sorgen würde, welches nach einer gewissen Zeit in ein leichtes Brennen übergehen würde.

Dann setzte er seinen Plan geradewegs in die Tat um, indem er seinen harten Schwanz in die vor ihm kniende Partnerin stieß und ihn heftig vor und zurück schob. Da er über viel mehr Kraft verfügte, war Sklavin Nr. 1 nicht in der Lage, seine ungestüme Lust auch nur im mindesten etwas abzumildern, und so knallte ihr Gesicht mehr oder weniger ungebremst mitsamt dem vorgeschnallten Latex-Dildo auf das Hinterteil von Nr. 2 und rammte diesen hart bis zum Anschlag in deren feuchte Ritze. Die am Gitter befestigte Spreizstange verhinderte, dass sich die Sklavin nach vorne wegbewegen bzw. ihre Schenkel schließen konnte.

Er hielt sich am oberen Handlauf der Seitengitter fest und hatte so genügend Schwung, um beide Frauen in den gewünschten Bewegungsablauf zu zwingen. Das Gitter ächzte unter seinem Gewicht und der Wucht seiner Stöße, der sie schutzlos ausgeliefert waren. Aber nicht nur er schien das zu genießen. Der Lärmpegel stieg deutlich an und unter das unterdrückte Stöhnen der Geknebelten mischte sich jetzt auch noch das laute Juchzen von Sklavin Nr. 2. Er stieß solange in sie hinein, bis er schließlich ebenfalls erschöpft seinen weißen Saft über ihren Rücken spritzte.

Wie vorhergesehen, hatte meine ganz persönliche geistige Wichs-Vorlage ihre gewünschte Wirkung nicht verfehlt, und mein eigener Orgasmus begann sich nun doch noch einzustellen. Nachdem er nachließ, öffnete ich ganz langsam die Augen. Die Schleier des Tagtraums hoben sich allmählich, und ich begann meine Umgebung wieder wahrzunehmen. Ich stand noch immer alleine im Duschraum meines Fitnessstudios und versuchte, meine Gedanken zu ordnen, während ich mir noch schnell meinen eigenen Saft von Scham und Fingern abwusch.

Ich beschloss, es für heute gut sein zu lassen, und wickelte mich in mein flauschiges Saunatuch. Schnappte mir meine Badesandaletten und überquerte rasch den Gang, um mich nun deutlich entspannter zum Saunabereich zu begeben. Außer mir schien an diesem Abend sowieso niemand mehr Lust zu haben, noch zusätzlich zu schwitzen. Das war mir aber ganz recht, so konnte ich mir anstrengenden Smalltalk mit Unbekannten ersparen und stattdessen lieber noch etwas von Mr. Universe träumen.

Ich machte gerade einen Aufguss, als zu meinem Erstaunen und meiner Freude plötzlich doch noch ein neuer Saunagast durch den Wasserdampf auf mich zu schritt. Hatte er meinen letzten, sehnsüchtigen Blick bemerkt, den ich in seine Richtung geworfen hatte, oder war es reiner Zufall, dass er jetzt hier war?

Unsere Blicke trafen sich, und ich konnte an der Begierde in seinen Augen sehen, dass er das Gleiche wollte wie ich – geilen Sex. Seine Augen strahlten und schienen fast nur aus weit geöffneten Pupillen zu bestehen. Er lächelte selbstbewusst, als er lässig sein Handtuch öffnete. Während es zu Boden glitt, konnte ich einen ersten Blick auf seine Familienjuwelen werfen, was ihm offensichtlich nicht das Geringste ausmachte. Insgeheim machte ich im Geiste drei Kreuze, dass damit alles in Ordnung zu sein schien. Sowohl die Länge, als auch der Umfang waren okay, soweit ich dies bislang beurteilen konnte. Auf dieses Prachtstück konnte er zu recht stolz sein.

Mir wurde noch heißer, als mir sowieso schon war, als er sich direkt neben mir auf der Bank niederließ. Ich merkte, wie die Schweißperlen auf meiner Nase sofort deutlich zunahmen und mir die Röte ins Gesicht stieg. Sicherlich hatte er bemerkt, dass ich seinen Schwanz einer eingehenderen Betrachtung unterzogen hatte – auch wenn er es absichtlich darauf angelegt hatte. Ich konnte einfach nicht anders, als verstohlen nach rechts zwischen seine Beine zu schielen. Besonders da sich mein nicht gestilltes Verlangen nach realem Sex (unter Zuhilfenahme eines echten Mannes) gerade wieder deutlich bemerkbar machte. Meine Gedanken wirbelten wild und ungeordnet durch meinen Kopf, und irgendwie lief es immer auf das gleiche Ergebnis hinaus: Das, was meine Finger zuvor nur in abgeschwächter Form geschafft hatten, dafür war dieser Penis wie gemacht. Er schrie geradezu *„Nimm mich, benutze mich. Ich bin genau, was du jetzt brauchst: groß, hart, geil und willig. Wenn ich dich nicht befriedige, dann schafft das niemand!"*

Ein selbstgemachter Orgasmus verschaffte mir zwar eine gewisse Befriedigung; diese war jedoch nie so tief und lang anhaltend, wie die nach einem richtigen Fick. Ich musste unwillkürlich schmunzeln. Ich saß halbnackt und immer noch bzw. schon wieder tierisch erregt in der Sauna neben einem megaerotischen Fremden und unterhielt mich stumm im Geiste mit seinem Glied. Ob ich noch ganz normal war? Während ich krampfhaft versuchte, nicht mehr ganz so auffällig zwischen diese muskulösen Schenkel zu starren und an etwas möglichst Abtörnendes wie

Strickmuster zu denken, musste ich über mich selbst lachen.

Er ließ sich von meinem Lachen anstecken und schien genau zu wissen, was in mir vorging und was er jetzt tun musste, um ans Ziel seiner Wünsche zu gelangen. So als würden wir uns schon ewig kennen, strich er mir sanft eine Haarsträhne hinters Ohr und ließ seine Handseite über meine Wange und meinen Hals hinabwandern. Schließlich öffnete er gekonnt - mit einem kurzen Ruck - mein Handtuch. Es fiel zu Boden, und jetzt war es an ihm, seine hungrigen und neugierigen Blicke langsam über meinen nackten Körper wandern zu lassen. Ich machte nicht einmal den Versuch zu protestieren. Wozu auch? Es schien auch ohne viele Worte klar zu sein, dass wir beide dasselbe wollten. Mir fiel es schwer, meinen Atem zu kontrollieren. Ich wollte es ihm nicht zu einfach machen, und trotzdem konnte ich nicht verhindern, dass ich alleine schon durch diese kurzen, sanften Berührungen, den Duft seiner Haut und die körperlich spürbaren Liebkosungen seiner Blicke immer erregter wurde und sich mein Brustkorb deutlich schneller hob und senkte als noch vor wenigen Minuten.

Ich kannte noch nicht einmal seinen Namen, als er sich vorbeugte, um sanft über meinen Bauch zu pusten. Trotz der mich umhüllenden warmen Saunaluft konnte ich deutlich den kühlen Strahl seines gepressten Atems spüren. Er traf meinen Bauchnabel und schickte einen kleinen Stromstoß von dort in Richtung meiner Vagina. Ich saß einfach nur starr da und konnte mich nicht bewegen. Ich sah seinen Kopf noch näher kommen und spürte kurz darauf seine Lippen auf meiner nackten Haut, die sanfte Küsse auf mein Becken und meine Brüste hauchten. Ich legte den Kopf in den Nacken und gab mich einfach seiner Liebkosung hin. Seine Zunge spielte mit mir und fand endlich auch meine Brüste. Ich sehnte mich so nach dieser Berührung, dass augenblicklich ein Schauerregen über meinen ganzen Körper lief und sich alle meine feinen Härchen aufstellten. Ich drängte mich näher an ihn heran, wollte nicht, dass seine Lippen sich je wieder von meinen Nippeln entfernten. Meine Hand drückte seinen Kopf fester gegen meinen Oberkörper, und er verstand mein Signal sofort.

Seine Lippen wurden drängender, das Knabbern stärker und schließlich saugte er ganz fest an meinen Brüsten. Ein herrliches Gefühl, als seine Arme mich umfassten und näher an ihn heranzogen. Meine Knie begannen weich zu werden, und ich war froh, dass ich in diesem Moment sitzen und nicht stehen musste. Ich konnte seinen männlich-herben Duft riechen, der mir einen guten Fick zu versprechen schien. Die Kraft, die er ausstrahlte, war fast physisch spürbar. Doch ich hatte mich ganz eindeutig zu früh gefreut. Denn er hatte überhaupt keine Mühe damit, mich einfach hochzuziehen, umzudrehen und gegen die kühle Milchglasscheibe der Saunatür zu pressen. Ich war zwischen ihm und der Tür gefangen, sodass ich mich nicht bewegen konnte und meine Vorderseite eine deutliche Abkühlung am relativ kalten Glas erfuhr. Zum Glück konnte ich so auch nicht umfallen, denn ich war mir ganz sicher, dass mich in diesem Moment meine Beine nicht getragen hätten. So ließ ich mich einfach gehen und ihn gewähren. Er beugte meinen Kopf zur Seite, und seine Zunge wanderte von meinem Ohr an die empfindliche Stelle dahinter und schließlich über meinen Nacken. Zwischen meinen Brüsten bahnten sich kleine Bäche den Weg über meinen Bauch hinunter, da das Milchglas deutlich kühler war als meine Haut. Ich spürte, wie seine Lippen sich an mir festsaugten und auch kleine Bisse, während sich seine Hüfte an meiner Rückseite rieb und ich mich fragte, ob mir noch heißer werden konnte, als mir ohnehin schon war. Aber natürlich war dies eine seiner leichtesten Übungen.

Meine Hände umklammerten den Türrahmen, als er eines seiner Beine zwischen meine drängte und sie einfach auseinander schob. Er presste mich weiter fest gegen die Scheibe, drehte seinen eigenen Körper jedoch etwas seitlich, sodass er mir mit einer Hand einen Klaps auf den Po geben konnte. Ich erschrak im ersten Moment, da ich damit nicht gerechnet hatte und mir entfuhr ein kleiner Ausruf der Verwunderung.

Während seine Hand jetzt wieder sanft und zärtlich über meine Pobacken strich, murmelte er an meinem Ohr leise: „Pssst, wir wollen doch keine ungebetenen Besucher herbeirufen, oder?"

Ich beeilte mich, dies zu verneinen, denn um nichts in der Welt wollte ich jetzt unterbrochen werden. Dann versiegelte er meine Lippen mit einem harten Kuss, während er mir wieder den Hintern versohlte. Diesmal aber noch kräftiger als zuvor. Ich spürte deutlich alle seine Finger heiß auf meiner rechten Pobacke brennen. Ich war mir sicher, dass er dort einen deutlich sichtbaren roten Abdruck hinterlassen hatte und schrie leise erschrocken auf. Doch seine Lippen erstickten meinen Protest sofort und so wurde nur ein dumpfes Stöhnen daraus. Dies hinderte ihn jedoch nicht daran, noch einige weitere Male seine flache Handfläche mit lautem Klatschen auf meinem verlängerten Rücken zu platzieren. Und obwohl dies durchaus etwas schmerzte, erregte es mich zugleich auch ungemein. Besonders deshalb, weil er außerdem noch meinen Busen mit seiner anderen Hand kräftig massierte und meine Brustwarze zwischen seinen Fingern regelrecht einzwickte, nur um sie dann auch sofort wieder freizugeben. Außerdem schien sich mein

Körper an den leichten Schmerz zu gewöhnen und sich sogar selbst nach einer kleinen Erhöhung der Intensität zu sehnen.

Er schien sich seiner Wirkung durchaus bewusst zu sein, wollte sie jedoch trotzdem gerne noch einmal bestätigt haben: „Wenn es dir zu viel wird, höre ich sofort auf damit. Du musst mich lediglich darum bitten, dann versohle ich dir deinen hübschen Hintern nicht weiter."

Ich entgegnete, dass ich „ein sehr ungezogenes Mädchen gewesen sei und dringend weiter gezüchtigt werden musste".

Unwillkürlich wurde ich wieder an meinen Tagtraum erinnert und fragte mich allen Ernstes, ob er – auf welche Weise auch immer – in der Lage war, meine Gedanken zu lesen. Ich nahm mir vor, ihn später danach zu fragen und ihm von meiner Phantasie zu erzählen.

Schließlich trat er einen Schritt zurück und gab mich frei. Ich drehte mich zu ihm um. Er packte mich mit beiden Händen an der Hüfte und hob mich einfach hoch, als wäre ich eine Feder. Dann drückte er mein Becken gegen seinen steifen Schwanz und spießte mich regelrecht damit auf. Ich schlang meine Beine um seine Hüften und hielt mich an seinem Hals fest, während seine starken Arme meinen Po sicher in der richtigen Position hielten. Er drang immer und immer wieder tief in mich ein und hielt dies im Stehen problemlos minutenlang durch. Ich fühlte mich ihm völlig ausgeliefert, wobei ich mich noch nie besser gefühlt hatte. Ich bewegte meine Hüfte nun ebenfalls heftig auf und ab, während mich sein harter Penis komplett ausfüllte und immer wieder heftig gegen meinen Beckenboden stieß. Aber selbst mein wildes Gehüpfe konnte ihn nicht wirklich aus dem Gleichgewicht bringen.

Im Gegenteil: Er feuerte mich sogar noch an: „Ja Baby, gib's mir – schneller, tiefer. Komm schon, du willst meinen Schwanz, also nimm ihn dir. Setz dich richtig drauf, und ich schieb ihn dir ganz rein. Am liebsten würde ich auch noch meine Eier mit reinschieben."

Ich keuchte: „So viel Platz ist hier wirklich nicht, aber versuch es ruhig. Dein Schwanz fühlt sich so gut an, dass ich jetzt einfach nicht aufhören kann und will."

Wir konnten nicht genug voneinander bekommen und vögelten bis zur totalen Erschöpfung. In der Sauna grenzt dies bereits nach kurzer Zeit an Höchstleistungssport. Ich war völlig ausgepumpt und nachdem wir beide gekommen waren, ließen wir uns einfach erschöpft auf die Bretter der Sitzbänke fallen, um wieder zu Atem zu kommen.

Ich kuschelte mich ganz dicht an ihn und genoss seine Gegenwart. Ich fühlte mich merkwürdigerweise sicher und beschützt und konnte noch immer die Mischung aus Testosteron und frischem Schweiß riechen, die sein perfekter Körper verströmte. Ich betrachtete ihn dabei aus halb geschlossenen Augen und stellte fest, dass er eigentlich einen ganz durchschnittlich großen Schwanz hatte, dafür aber den Umgang damit in Perfektion beherrschte. Er wusste genau, wie tief oder heftig er sich in mir bewegen durfte, ohne mir wirklich weh zu tun und so meine Erregung nur noch weiter zu steigern.

Seine Finger streichelten ganz sanft und gedankenverloren über meine Seite, während er mir dann schließlich doch noch seinen Namen verriet. Er hieß Ben. Auch gab er bereitwillig zu, dass es ihn fast verrückt gemacht hatte, mich in meinem engen Trainings-Outfit auf der Butterfly-Maschine sitzen zu sehen. Er hatte jeden meiner Atemzüge beobachtet, bei denen sich mein Busen aufgrund der Anstrengung heftig zu heben und wieder zu senken begann, während sich meine Arme vor mir schlossen und damit die Gewichte hinter mir in die Höhe wuchteten. Er hatte sich dabei ertappt, auf mein Höschen zu starren, wenn sich meine Oberschenkel trotz des Gegenzuges der Maschine immer wieder fest aneinander gepresst hatten und sich dabei vorgestellt, zwischen meinen Beinen zu liegen und als lebender Widerstand dort eingeschlossen zu sein. Als ich dann auch noch rücklings mit gespreizten Beinen auf der Hantelbank lag und meine Hantelstange mit eng zusammengepressten Pobacken in die Höhe stemmte, hatte er Probleme gehabt, seinen Steifen unauffällig unter seinem Handtuch zu verstecken und nicht gleich über mich herzufallen. Er hatte sich gefragt, wie ich wohl reagieren würde, wenn er mich einfach auf der Bank nehmen würde und dabei meine Brüste liebkoste, während ich mit meinen Händen an der Hantelstange gefangen wäre.

Seine dunkle Stimme, die sanften Berührungen und die dabei verteilten Komplimente brachten mich erneut in Stimmung. Ich war noch immer oder schon wieder so nass, dass ich Angst hatte zu tropfen. Ich lag seitlich vor ihm und hob mein rechtes Bein an, um es nach hinten über seinen Oberschenkel zu schieben und ihn damit dichter an mich zu drängen. Er interpretierte meine Lageveränderung sofort richtig und schob seinen Penis zwischen meine Oberschenkel. Ich begann ganz automatisch zu schnurren und bewegte meine Hüfte langsam vor und zurück, um ihn weiter zu stimulieren. Dabei verstärkte ich sanft den

Druck meiner Schenkel, um ihn ganz zu umfangen. Ich war noch so feucht vom ersten Mal, dass er ganz wie von selbst langsam in mich eindringen konnte. Er schob seinen linken Arm unter meiner Schulter hindurch und umfasste meinen Busen und begann, ihn erneut zu streicheln und sanft zu kneifen. Sein rechter Arm umfing meine Hüfte, und seine flache Hand klopfte leicht und in immer schneller werdendem Rhythmus auf meinen Venushügel, bis er schließlich mit zwei Fingern meinen Kitzler rieb. Ich drehte meinen Kopf in seine Richtung, und wir küssten uns lange und sehr intensiv. Ich konnte seine Zunge spüren, die meine umschmeichelte und alle verborgenen Winkel meines Mundes zu erkunden schien. Seine Bewegungen wurden drängender und schneller, und schließlich kam ich atemlos ein zweites Mal, als er kurz vor seinem Orgasmus seinen Schwanz aus mir herauszog und zwischen meinen Schamlippen direkt auf meinen Kitzler abspritzte. Ein seltsam berauschendes Erlebnis, bei dem sich die Wärme seines Spermas fast heiß anfühlte.

Ich wäre gerne noch etwas neben Ben liegengeblieben, aber inzwischen begann mein Körper merklich zu rebellieren und der starke Flüssigkeitsverlust verbunden mit der körperlichen Anstrengung machte sich deutlich bemerkbar. Mein Mund fühlte sich völlig ausgetrocknet an, und als ich versuchte aufzustehen, gaben meine Beine sofort unter mir nach. Ich musste mich beeilen, mich wieder zu setzen, um einen Sturz zu verhindern. Galant hakte mich meine Eroberung nun fürsorglich unter und seifte uns kurz in der Dusche ab, bevor wir uns im Abkühlbecken auf Normaltemperatur herunterkühlen konnten. Ein kurzes Wühlen in seiner Sporttasche förderte dann glücklicherweise auch noch eine lauwarme Flasche stilles Mineralwasser zu Tage, welche wir ebenfalls brüderlich teilten.

Anschließend wurde ich auch noch mit meinem Handtuch trocken gerubbelt. Nur Anziehen musste ich mich noch selbst. Schließlich verließen wir das Studio und beschlossen, noch eine Kleinigkeit essen zu gehen. Gleich um die Ecke gab es einen kleinen, aber vorzüglichen Italiener, der die beste hausgemachte Pasta in diesem Stadtteil zubereitete. Wir tranken jeder ein Glas Barolo zu unseren Pappardelle in Steinpilz-Sauce und bestellten im Anschluss auch noch jeder eine Panna Cotta, die auf einem Himbeerspiegel angerichtet war. So erfuhr ich neben dem fantastischen Essen auch noch ein paar Details aus seinem Leben.

Ben war Mitte Dreißig und geschieden. Sein elfjähriger Sohn besuchte ihn regelmäßig alle vierzehn Tage am Wochenende, und die beiden kamen gut klar miteinander. Das Verhältnis zu seiner Exfrau war etwas angespannter, aber alles in allem doch eher freundschaftlich und nicht etwa feindselig. Er arbeitete in der Redaktion eines großen Verlagshauses und war deshalb gezwungen, zu recht ungewöhnlichen Zeiten zu arbeiten, was sein Privatleben doch hin und wieder etwas schwierig gestaltete. Wir nahmen zum Abschluss jeder noch einen Espresso, bevor wir uns zusammen auf den Weg in sein Appartement machten. Denn inzwischen war klar, dass sich nicht nur unsere Fortpflanzungsorgane für einander interessierten. Wir mochten uns, und so stellte sich die Frage einfach gar nicht erst, ob dies nur ein One-Night-Stand war oder nicht.

Bens Dienstmädchen

Ich sah mich in seiner Wohnung um, während er sich auf die Suche nach einer weiteren Flasche Rotwein machte. Die Einrichtung war schnörkellos und praktisch, aber nicht ohne Stil. Kein Zimmer war mit Möbeln oder Schnickschnack vollgestopft und ließ einem so genug Luft zum Atmen und Platz, um sich auszubreiten und wohl zu fühlen. Ich ließ mich auf das einladende Big Sofa plumpsen und rutschte ganz nach hinten in die Ecke. Dort schlüpfte ich unter eine kuschelige Decke und rollte mich wie ein Kätzchen zusammen. Als Ben merkte, dass mir schon fast die Augen zufielen, dimmte er das Licht und kam mit Wasser, Wein und Knabberkram zu mir zurück. Ich hielt wortlos die Decke in die Höhe, und er kroch bereitwillig darunter. Ich lag in seinem Arm und wurde mit gesalzenen Erdnüssen gefüttert, die einen guten Kontrast zum trockenen Rotwein bildeten.

Als ich protestierte, dass ich nun genug gegessen hätte, wischte er meinen Einwand einfach beiseite.

„Du hast heute so viele Kalorien mit mir zusammen verbrannt, da kannst du noch eine ganze Packung Nüsse essen, ohne dass du auch nur ein Gramm zunehmen würdest."

Ich lachte und platzte heraus: „Und dabei waren das noch nicht mal alle Kalorien, die ich heute abtrainiert habe."

Er zwinkerte vergnügt und fragte: „Wie meinst du das genau? Hattest du heute auch noch mit jemand anderem Sex? Oder wie soll ich das verstehen?"

Ich beschloss, ihn noch ein wenig zappeln zu lassen und sagte: „Stimmt genau!"

Er wirkte leicht verblüfft, und ich beeilte mich, dies richtig zu stellen, bevor er noch einen völlig falschen Eindruck von mir bekam. Schließlich kannten wir uns gerade erst ein paar Stunden, und als leichtes Mädchen wollte ich nun wirklich nicht gelten. Er wusste ja noch nicht, dass ich es manchmal bedauerte, allzu schlagfertig zu antworten. Manche Steilvorlagen waren aber auch zu schön, um sie einfach unkommentiert im Raum stehen lassen zu können. Zumindest ging mir dies leider des Öfteren so.

Ich erzählte ihm also von meiner Selbstbefriedigung in der Dusche, und er hörte gespannt zu. Natürlich wollte er ganz genau wissen, was ich mir dabei so vorgestellt hatte und was mich dabei besonders angemacht hatte. Auch ich ließ mir noch einmal in allen Einzelheiten berichten, welche Positionen meinerseits ihn bereits im Studio in angezogenem Zustand besonders inspiriert hatten und seine Gedanken auf eine sexy Reise geschickt hatten. Dies sollte künftig eines unserer liebsten Rituale werden. Immer wenn wir dem anderen eine besondere Freude oder Anregung bieten wollten, erzählten wir uns gegenseitig einen unserer erotischen Träume und liebten uns anschließend. Manchmal spielten wir Teile des Traumes nach und mal ließen wir uns einfach von der erotischen Stimmung, die dadurch entstanden war, davontragen und erfanden unseren gemeinsamen Traum.

Für heute jedoch waren wir beide zu müde und schliefen so einfach irgendwann eng umschlungen ein. Überraschenderweise war Bens Sofa so bequem, dass ich wie ein Baby schlummerte und erst aufwachte, als mir der Duft von frisch gebrühtem Kaffee in die Nase stieg. Der frisch gepresste Orangensaft weckte zusammen mit dem starken, schwarzen Kaffee meine Lebensgeister. Da ich immer noch meine Klamotten vom Vortag trug, musste ich mich auch nicht erst anziehen, sondern konnte gleich zum gemütlichen Teil des Tages übergehen – dem Frühstück zu zweit. Die ebenfalls frisch gelieferten Brötchen waren köstlich, und so begab ich mich anschließend glücklich und zufrieden von mich hin summend in sein Badezimmer.

Ben reichte mir seine Ersatzzahnbürste und nachdem auch dies erledigt war, zog ich mich schnell aus und drängelte mich an ihm vorbei, um als erster duschen zu können.

Doch da hatte ich die Rechnung ohne den Wirt gemacht. Mit den Worten: „Du glaubst doch nicht, dass ich dich nach deinem gestrigen Geständnis noch jemals alleine duschen lasse – oder?" verfolgte er mich in die Duschkabine.

Er nahm mich in die Arme und drängte mich in die Ecke. „Wie war das gleich noch mal gestern? Du standest in die Ecke gelehnt und hast ausgiebig masturbiert? So in etwa?"

Er stand nun ganz dicht hinter mir und umfasste meine Hüfte. Ich konnte seine Erregung zwischen meinem Allerwertesten deutlich fühlen, ebenso wie seine Finger, die nun die Spalte zwischen meinen Beinen erkundeten. Seine Berührung war fordernd und ließ keinen Widerstand zu. Er rieb über meine äußeren Schamlippen und spreizte dabei die Finger soweit, dass ich meine Schenkel weiter öffnen musste. Er vermied es jedoch konsequent, meinen Kitzler zu berühren. Er hob meinen rechten Oberschenkel an und hielt ihn in angewinkelter Haltung oben, um sich noch mehr Bewegungsfreiheit zu verschaffen. Sein harter Schaft drang von hinten in meine gierige Vagina ein und erst dann streichelte er auch meine Knospe. Das machte mich schier verrückt. Sein Gewicht drückte mich hart gegen die kalten Kacheln, und jetzt hatte ich tatsächlich den rhythmisch agierenden Penis in mir, von dem ich gestern nur geträumt hatte. Er fühlte sich einfach toll an und füllte mich vollständig aus, sodass seine Eichel automatisch immer wieder meinen G-Punkt stimulierte, solange bis ich es einfach nicht mehr länger aushalten konnte.

„Du schlägst jede meiner Fantasien um Längen, wenn ich deinen Schwanz wirklich in mir habe. Hör jetzt ja nicht auf – bitte. Ich brauche noch mehr davon".

Ben grinste selbstzufrieden und der Schalk blitzte aus seinen Augen: „Du willst mehr, dass kannst du haben!" Sprach's und drang noch heftiger in mich ein.

Ich entgegnete etwas atemlos: „Ich geb's dir nachher gerne auch noch schriftlich, dass du der Beste bist, aber jetzt hör auf zu reden und vögel mich lieber. Ich will kommen und nicht quatschen – fick mich!"

Ich stemmte meine Handflächen gegen die Fliesen und drückte meine Hüfte so fest wie möglich gegen seinen Schaft. Ich schloss die Augen, und vor meinen geschlossenen Lidern zuckten kleine, bunte Lichtblitze, als ich kam. Wie ein Wetterleuchten meiner überbeanspruchten Nervenenden. Nachdem meine Erregung langsam nachgelassen hatte, konnte ich mich wieder auf Ben konzentrieren.

Mit ruckartigen Muskelkontraktionen meiner Vagina konnte ich den Massageeffekt und somit den

Lustgewinn für ihn noch steigern. Ähnlich wie bei einem festen Zugreifen mit der Hand. Lange hielt er diese Behandlung nicht durch, und er kam bald darauf in mir. Nachdem ein Teil seines Blutes wieder seinem Gehirn zur Verfügung stand, grinste er unverschämt und fragte mich: „Na, was war jetzt besser, du alleine oder wir beide zusammen in der Dusche?"

„Dumme Frage, natürlich war es mit dir viel intensiver als alleine", beantwortete ich diese rein rhetorische Frage. Denn selbstverständlich kannte er die Antwort schon, bevor ich auch nur einen Ton gesagt hatte.

Ich spritzte ihm zur Strafe für seine Unverschämtheit noch eine volle Ladung Wasser aus dem Duschkopf ins Gesicht, indem ich diesen schnell in seine Richtung drehte. Er revanchierte sich prompt, und das Ganze artete zu einer ausgiebigen Wasserschlacht zweier großer Kinder aus. Als wir schließlich das halbe Badezimmer unter Wasser gesetzt hatten, verließen wir lachend den patschnassen Raum. Zum Glück war ich heute noch mit einer Freundin verabredet, sodass er die Überschwemmung später alleine beseitigen musste. Meine Fantasie ging mal wieder mit mir durch, und ich lachte lauthals und befahl ihm, die Bilder aus meinem Kopf zu nehmen.

Ich konnte meinen Lachanfall nicht mehr stoppen und erklärte unter ständigem Gelächter, dass er im Stubenmädchen-Kostüm mit Haube und Wischmob bewaffnet sicher sehr sexy aussah. Da ahnte ich jedoch noch nicht, was ich mir da gerade selber eingebrockt hatte. Wir verabredeten uns für den nächsten Abend, und ich machte mich auf den Weg in meine Wohnung, da ich mich für das Treffen mit meiner Freundin noch umziehen wollte.

Auf dem Heimweg besorgte ich noch schnell etwas Kuchen beim Bäcker nebenan und hatte gerade noch Zeit, das Teewasser aufzusetzen, bevor es auch schon an der Tür klingelte. Ich hatte meine langen Haare zu einem Pferdeschwanz hochgebunden und trug nur ein bequemes Oversize-Shirt über engen Leggings.

Ich öffnete die Tür und hatte diese kaum hinter meiner besten Freundin geschlossen, als sie mich genau in Augenschein nahm, kurz die Augen zusammenkniff und mich fragte: „Wie heißt er, seit wann kennst du ihn und wie lange ist euer letzter, atemberaubender Sex her? Du strahlst so, dass dir die Sonne aus jedem Knopfloch scheint – also erzähl mir jetzt ja nicht, dass da niemand Neuer ist – ich kenne dich, Nova, und so habe ich dich noch nie gesehen!"

Völlig überrascht lief ich erst einmal wortlos ins Schlafzimmer und beäugte mein eigenes Erscheinungsbild im Spiegel.

Maja hatte Recht, ich erkannte mich selbst kaum wider. Meine Augen leuchteten, meine Wangen hatten einen zart-rosa Ton und wenn ich mich heute dank des Muskelkaters auch etwas ungelenk bewegte, so war mir doch eindeutig anzusehen, dass ich entspannt, glücklich und äußerst zufrieden war. Dieser Mann tat mir augenscheinlich wirklich gut. Ich beschloss spontan, ihn mir unbedingt warm zu halten und ihn so oft wie möglich als meinen ganz persönlichen Freudenspender zum Einsatz zu bringen.

Ich taperte etwas ungeschickt ins Wohnzimmer zurück, setzte mich zu Maja auf die Couch und hielt mich an meiner Teetasse fest, damit sie nicht sofort merkte, dass meine Hände immer noch leicht zitterten. Ich weihte sie in die Geschehnisse der letzten vierundzwanzig Stunden ein, wobei ich meine Fantasien lieber für mich behielt, da ich mir sicher war, dass diese für meine Freundin vielleicht etwas zu heftig gewesen wären. Davon abgesehen war die Realität spannend genug, um ihre Neugier zu befriedigen. Sie freute sich für mich, und wir verbrachten einen lustigen Mädels-Nachmittag und -abend zusammen, bei dem sich lediglich die Getränke im Laufe der Zeit änderten. Zwei Flaschen Sekt später meldete sich mein Handy und verkündete, dass sich Ben sehr auf den morgigen Abend freute und er außerdem eine kleine Überraschung für mich besorgt hatte.

Es war bereits später Sonntagvormittag, als ich aufwachte. Die Sonne schien durch die Vorhänge herein und versprach einen traumhaft schönen Tag. Zeit, endlich aufzustehen und nicht aus Versehen noch das Beste zu verpassen. Ich redete mir selbst ein, dass es keinen Grund gab, sich heute besondere Mühe mit meinem Aussehen zu geben, aber natürlich war das gelogen. Ich holte einen frischen Rasierer aus meinem Schrank und entfernte sorgfältig alle störenden Haare an Achseln, Beinen und im Schambereich. Anschließend cremte ich mich ausgiebig ein, da die Wasserorgien der letzten Tage meine Haut bereits empfindlich ausgetrocknet hatten. Ich nahm mir vor, diese Prozedur am Nachmittag nochmals zu wiederholen, damit sich meine Haut wieder angenehm weich und zart anfühlte, wenn ich Ben heute Abend wiedersehen würde. Mein Lieblingsparfüm trug ich ebenfalls jetzt schon auf, damit es mich am Abend nur noch in eine ganz leichte Duftwolke einhüllte und nicht allzu schwer wirkte. Alles in allem betrachtet, wurde es dann doch ein minuziös geplanter Auftritt – wenn ich mal ganz ehrlich zu mir selbst war.

In Erinnerung an die Ereignisse der letzten Nacht streichelte ich über meine Brustwarzen, bis sie hart wurden und ich ein leichtes Kribbeln zwischen meinen Beinen spürte. Es wäre schön, wenn ich ihn jetzt schon treffen könnte, aber ich musste mich noch etwas gedulden. Also lackierte ich noch meine Finger- und Fußnägel in knalligem Rot. Während der Lack trocknete, trank ich vorsichtig, aber nicht weniger genüsslich meinen Lieblings-Darjeeling. Dabei kam mir plötzlich in den Sinn, dass ich ihn heute Abend eigentlich noch mit einem Nachtisch verwöhnen könnte. Während ich einen Pudding kochte, überlegte ich angestrengt, was ich anziehen sollte.

Ich entschied mich schließlich für ein nacht- blaues Seidenkleid, dessen geraffter, tiefer Ausschnitt meinen hübschen runden Busen gut zur Geltung brachte. Ein schwarzer Minislip und halterlose schwarze Nahtstrümpfe mit breitem Spitzenabschluss reichten meiner Meinung nach völlig aus. Dazu trug ich spitze schwarze, knöchelhohe Stiefeletten, die aus auffälligem Glanzleder befertigt waren und mit drei breiten, silbernen Schnallen verschlossen wurden. Die acht Zentimeter hohen Stiletto-Absätze verlängerten meine Beine zusätzlich. So zurecht gemacht fühlte ich mich gut gerüstet für mein Date und stöckelte erwar- tungsfroh die Treppenstufen zu seiner Wohnung hoch.

Ben schien bereits auf mich gewartet zu ha- ben, denn es vergingen nur wenige Sekunden, bis er die Tür öffnete. Ich tippelte mit gekonntem Hüft- schwung an ihm vorbei und nahm seine bewundern- den Blicke stolz zur Kenntnis, als er mich bat einzutre- ten.

Er trug ein körpernah geschnittenes, olivgrü- nes Shirt. Seine schwarze Jeans saß eng auf seinen schmalen Hüften und betonte diese gekonnt. Sein Haar schimmerte noch feucht und wurde mittels

Haargel gebändigt. Alles in allem sah er einfach unwiderstehlich aus. Folgerichtig konnte und wollte ich mich gar nicht erst zurückhalten und legte wie selbstverständlich die Arme um seinen Hals und küsste ihn zur Begrüßung innig auf den Mund. Ben freute sich über die überschwängliche Begrüßung und folgte mir ins Wohnzimmer.

Er nahm in einem der zwei Sessel Platz, die links und rechts von der Couch standen und zog mich vorsichtig auf seinen Schoß.

„Was hast du denn unter dieser Alufolienhaube versteckt?"

Ich gab bereitwillig Auskunft, dass dies sein Nachtisch sei, den er sich aber erst verdienen müsste.

„Na warte, du kleines Luder, das wirst du mir büßen", neckte er mich. Er fasste kurz unter seinen Sessel, zauberte ein kleines, hübsch verpacktes Geschenk hervor und überreichte es mir: „Hier ist deine versprochene Überraschung. Pack es aus und dann pack dich darin ein."

Ich hob zweifelnd eine Augenbraue und machte mich dann daran, das Päckchen zu öffnen, während er schon mal den Reißverschluss meines Kleides langsam nach unten zog.

„Das Kleid ist zwar sehr hübsch, aber völlig überflüssig."

Nachdem ich das Papier entfernt hatte, kam eine schwarz-weiße Hausmädchen-Uniform zum Vorschein, die aus einer schwarzen Minischürze mit weißen Rüschen sowie einem Staubwedel aus Straußenfedern bestand. Außerdem gab es noch eine Art

Büstenhebe, deren Körbchen nur eine winzige untere Auflage bildeten, ansonsten jedoch nur jeweils einen dreieckigen Rahmen bildeten, der die Brüste komplett frei ließ. Ein Kropfband sowie ein Häubchen vervollständigten die Ausstattung. Mir kam unser Gespräch vom Vortag in den Sinn, welches er ziemlich wörtlich umgesetzt hatte. Ich schmunzelte, während ich mich umzog. Zumindest meine Strümpfe und meine Stiefeletten passten hervorragend zu seinem Arrangement.

Und so wackelte ich mit blankem Hinterteil zur Tür, nur um kurz darauf den Raum wieder zu betreten und ihn mit wiegenden Hüften und gesenktem Blick zu fragen: „Sir, sie haben geläutet. Was kann ich für sie tun?"

„Bring mir das Lexikon, es steht ganz rechts im obersten Regal."

Ich blickte mich kurz um und sah am anderen Ende der Bücherwand eine kleine dunkelbraune Treppe. Ich trippelte hinüber und schob die nicht ganz leichte Treppe auf ihren Rollen an das andere Ende des Bücherregals. Dabei berührten meine nackten Brüste immer wieder das raue Holzgestell, und ich spürte, wie meine Nippel stärker hervortraten. Er beobachtete mich genau und ließ mich keinen Augenblick aus den Augen. Endlich am anderen Ende angekommen bemühte ich mich, einigermaßen elegant die sehr schmalen Stufen empor zu klettern, wobei ich ihm meinen nackten Hintern in voller Pracht präsentierte. Ein erregendes Gefühl zu wissen, dass er mich so ganz ohne schützende Unterwäsche betrachtete.

„Lass dir ruhig Zeit mit dem Holen des Lexikons, ich schaue dir gerne zu, wenn du mir zu Diensten bist. Diesen Prachtarsch könnte ich stundenlang ansehen, das macht mich an."

Ich konnte Ben so nicht sehen und war deshalb einigermaßen überrascht, als er plötzlich vor mir unter der Treppe auftauchte. Mein Becken war genau auf seiner Kopfhöhe, als er einfach meine Schürze hochschob. Er umfasste meine Pobacken mit festem Griff und presste sie so nah wie möglich gegen die Leiter. Dann steckte er seinen Kopf zwischen die Sprossen der Leiter und drückte seine Zunge in den Spalt zwischen meinen Oberschenkeln und begann, mich ausgiebig zu lecken. Das Lexikon war schnell vergessen, und ich genoss dieses Spiel in vollen Zügen. Er züngelte besser als jede Schlange, und ich hatte Mühe, einigermaßen ruhig auf der Leiter stehen zu bleiben und nicht herunter zu fallen.

„Halt dich gut fest – ich brauche meine Hände jetzt woanders", waren die nächsten Worte, die ich vernahm.

Er zog meine äußeren Schamlippen so weit auseinander, dass seine Zunge ungehinderten Zugang zu meinen intimsten Stellen hatte, und wenn ich es auch vorher nicht für möglich gehalten hatte, so wollte ich ihn jetzt noch mehr als zuvor. Ben hingegen schien es nicht besonders eilig zu haben. Er erkundete lieber genüsslich jeden zuvor noch versteckten Winkel meiner Weiblichkeit. Nur zu gerne hätte ich ihn gebeten, endlich in mich einzudringen, da ich glaubte, nicht mehr länger warten zu können. Andererseits schickte sich dies für eine Dienstmagd vermutlich nicht. Ich sollte wohl eher dankbar sein, dass er sich so viel freiwillige Sorge um mein Wohlbefinden machte. Also versuchte ich, mir mein deutlich spürbares Verlangen nicht allzu sehr anmerken zu lassen.

Endlich hatte er Erbarmen mit mir und bat mich, den Schreibtisch abzuräumen: „Mach mal Platz hier – ich habe noch etwas vor mit dir. Ich werde dich ficken, bis du um Gnade bettelst – aber erst später."

Ich war erleichtert, nicht zu früh explodiert zu sein, und kam daher seiner Bitte nur zu gerne nach, indem ich sowohl den Monitor, als auch Tastatur, Maus und Telefon einfach seitlich neben den Schreibtisch auf den Boden stellte. Nicht ohne mich dabei stets mit gestreckten Beine langsam zu bücken. Schließlich wollte ich Ben ebenfalls etwas aus der Reserve locken. Die restlichen Schreibutensilien nebst Papieren stapelte ich einfach auf einen Haufen und verfrachtete sie in eine freie Stelle des Bücherregals.

„Wir werden den von dir mitgebrachten Nachtisch zur Abwechslung heute einmal als Vorspeise zu uns nehmen. Um dir unnötige Lauferei zu ersparen, verzichten wir auf die Dessertschüsseln und nehmen dich stattdessen als Servierplatte. Schöne Idee, oder?"

Ich entgegnete: „Das finde ich auch, Sir" und nahm schon mal auf dem Rücken liegend auf dem Bürotisch Platz.

Ich streckte meine langen, hübsch verpackten Beine gerade aus und wartete geduldig auf die Verteilung meines Vanillepuddings, während ich mich insgeheim fragte, wie sich dieser wohl auf meiner Haut anfühlen mochte. Zumindest war er inzwischen abgekühlt, was mich doch sehr beruhigte.

Als Ben wieder zurück an den Tisch kam, hatte er jedoch nicht nur die heutige Vorspeise dabei, sondern auch den Staubwedel. Damit entfernte er zu allererst jeden imaginären Staubfussel von meiner nackten Haut. Schon wurde das Warten auf die Vereinigung erneut quälend. Meine Sinne waren in hellem Aufruhr, als die feinen Federn sanft über meinen Hals, meine Hüftknochen oder meine Füße strichen. Ich war schon immer kitzelig gewesen, aber dies war schon fast Folter. Ich wusste nicht, was ich als erstes tun sollte, lachen oder stöhnen oder am besten beides?

Jetzt verteilte er auch noch kleine Häufchen der Vanillecreme auf meinem Mund, meinen Nippeln und meinem Bauchnabel, die er anschließend saugend wieder entfernte. „Ein Nachtisch ganz nach meinem Geschmack – süß und trotzdem aufregend".

„Sir – bitte, ich kann nicht mehr länger warten. Kann ich nicht noch etwas für sie tun und sie irgendwie überreden, mir endlich ganz nahe zu sein?"

„Du hast recht, ich sollte nicht die ganze Vorspeise alleine verputzen. Rutsch mal."

Ich schwang mich von seinem Schreibmöbel herunter, und er nahm an meiner Stelle halb auf dem Rand sitzend Platz. Ich tunkte ebenfalls meine Finger in die weiche Vanillemasse und verwendete sie als Gleitcreme-Ersatz. Ich schloss meine Hand fest um seinen Penis und fand den Geschmack dieses Blowjobs bedeutend besser als jeden anderen, an den ich mich erinnern konnte. Das sollte ich mir merken, keine schlechte Idee.

Ich ertastete mit meiner Zunge die Öffnung an seiner Spitze und drückte sie sanft dagegen, nur um sie anschließend zum unteren Rand seiner Eichel wandern zu lassen und diesen ringsherum zu bearbeiten. Ich ließ ihn los und versenkte ihn, so tief es mir möglich war, in meinem Mund. Ich presste meine Lippen möglichst fest zusammen und ließ ihn langsam wieder weiter nach außen gleiten, nur um ihn dann erneut in mir aufzunehmen. Meine Finger spielten nebenbei an seinen Hoden, und so dauerte es nicht sehr lange, bis die gewünschte Größe und Standfestigkeit erreicht war.

Ich entließ ihn kurz aus seinem feuchten Gefängnis und fragte Ben: „Sie sind doch sicher etwas müde, Sir? Möchten sie sich nicht auf dem Rücken liegend ein klein wenig ausstrecken, dann könnte ich auf ihnen Platz nehmen und sie mit einer kleinen Reiteinlage weiter verwöhnen?"

Natürlich hatte er nichts dagegen, und so konnte ich mich endlich mit weit gespreizten Beinen auf seinen Hüften niederlassen, während seine Hände weiter über meinen Körper wanderten. Ich begann mich zunächst nur vor und zurück zu bewegen und genoss den Druck seines Schwanzes an meinem Kitzler und zwischen meinen nassen Schamlippen. Lange konnte ich das jedoch nicht durchhalten, und so hob ich schließlich mein Becken etwas an, um seine Spitze in die richtige Position zu bringen und ihn in mich hineingleiten zu lassen. Immer und immer wieder. So tief wie möglich. Mit stetig steigender Geschwindigkeit und Heftigkeit, bis ich das Abspritzen seines Samens deutlich in mir spüren konnte.

Ich hatte bereits etwas vorher einen ganz leisen Orgasmus gehabt. Wobei ich absichtlich für ihn unhörbar gekommen war, da ich seine Stimmung nicht unterbrechen oder stören wollte. Außerdem waren meine Orgasmen in der Regel nur dann laut, wenn ich spontaner und schneller kam als nach diesem zugegebenermaßen tollen, aber auch sehr langem Vorspiel. Wenn ich mich sehr lange und immer wieder bemühen musste, nicht zu früh zu kommen, war der eigentliche Gipfel der Genüsse dann meist ein eher sanftes Hinübergleiten anstatt einer Explosion. Welches zwar nicht weniger befriedigend, aber eben auch nicht so laut war. Ich ließ mich nach vorne auf seinen Oberkörper kippen, legte den Kopf in seine Halsbeuge und küsste ihn, während die Wellen langsam verebbten und ich ihn noch eine ganze Weile in mir behielt.

Irgendwann wurde uns der Schreibtisch dann doch zu unbequem, und wir zogen auf die Couch um. Ich stülpte ihm spaßeshalber mein neues Häubchen über seinen Schwanz und Ben versprach mir lachend, dass er nächstes Mal das Kostüm tragen würde, wenn auch ohne Büstenhebe. Ich schlug vor, dass wir dann auch noch das Kropfband umfunktionieren könnten, da es sich um sein bestes Stück gewickelt sicherlich auch gut machen würde. Albern würde er mit Schürze und Häubchen sowieso aussehen, also käme es darauf auch nicht mehr an. Dieser Kommentar brachte mir prompt einen gut gezielten Sofakissenwurf gegen meinen Kopf ein, was der Spaß aber auf alle Fälle wert war.

Ben schaltete den Fernseher ein, da er der Meinung war, ich müsste dringend etwas abgelenkt werden, bevor mir noch mehr Blödsinn einfiel.

Um nicht gleich das Zepter der Beziehung freiwillig aus der Hand zu geben und zu zeigen, wer hier die Hosen anhatte, entbrannte daraufhin ein spielerischer Streit um die Macht über die Fernbedienung, die wir beide jeder für sich beanspruchten. Schließlich überließ ich ihm die schwarze Kunststoff-Fernsteuerung und hielt mich an Bens eigener Fernsteuerung aus Fleisch und Blut schadlos. Denn je häufiger er den Fernsehsender wechselte, umso mehr Streicheleinheiten bekamen seine Hoden ab. Als ich auch noch meine Zunge zum Einsatz brachte, um seinen Damm zwischen Peniswurzel und Rosette zu bespaßen, hatte ich endgültig die Macht über jedes Detail der Situation zurückerobert. Ben ergab sich mit gespielter Entrüstung und reichte mir freiwillig das kleine schwarze Kästchen, da er sich ohnehin auf keine Sendung der Flimmerkiste konzentrieren konnte, solange ich ihn derart unverschämt ablenkte. Wir fanden schließlich noch etwas, was uns beiden zusagte, und so endete der Abend dann doch noch in trauter Zweisamkeit.

Sexy Hobbykoch

In den kommenden Tagen war Ben zu meinem Leidwesen auf Geschäftsreise, sodass wir uns erst für das darauffolgende Wochenende wieder verabreden konnten.

Zur Feier unseres Wiedersehens hatten wir ein kleines Dinner geplant. Da Ben erst am Samstagnachmittag wieder in Stockholm ankommen würde, wollte ich auf dem Wochenmarkt die dafür nötigen Zutaten besorgen. Um am Abend nicht an irgendwelche Restaurantöffnungszeiten gebunden zu sein, hatten wir beschlossen, selbst zu kochen. Von Luft und Liebe alleine war schließlich auf die Dauer noch niemand satt geworden. Andererseits war eine warme Mahlzeit am Tag auch genug. Essen wird ja ebenfalls gerne mal völlig überbewertet. Mit diesem guten Kompromiss in Form einer Einkaufsliste bewaffnet, machte ich mich auf den Weg.

Ich erstand frische Pasta, die nur zwei Minuten gekocht werden musste. Außerdem etwas geräucherten, gewürfelten Schinkenspeck, Eier, Limetten, frischen Parmesan, Petersilie und Feldsalat. Ben würde uns sein Lieblingsgericht zaubern: Spaghetti Carbonara und dazu einen fruchtigen Salat mit leckerem Feigen Dattel Balsamico. Das war im Nu gemacht und trotzdem ein Genuss. Jetzt brauchte ich nur noch einige Aufbackbrötchen nebst Wurst, Käse und Orangen für unser Sonntagsfrühstück, und das Wochenende war zumindest kulinarisch gerettet.

Ich holte Ben vom Bahnhof ab. In seiner Wohnung angekommen, unterhielten wir uns bei einer Tasse Kaffee über die Ereignisse der vergangenen Tage, bis es Zeit wurde, mit den Essensvorbereitungen zu beginnen. Ich fand es zwar sehr süß, dass er trotz seiner anstrengenden Woche für mich kochen wollte, aber das würde mich nicht daran hindern, ihm wenigstens zu helfen. Also kramte ich aus meinem Einkaufskorb noch die ebenfalls mitgebrachte Küchenschürze hervor und band sie mir um.

„Du erinnerst mich an meine Mutter und irgendwie auch an Rotkäppchen", lautete der freche Kommentar von Ben, als ich so zurechtgemacht mitsamt meinen Einkäufen die Küche betrat.

„Frechheit! Wenn ich so albern aussehe mit dieser Schürze, dann binde du sie doch mal um. Dann werden wir ja sehen, wer hier zum Schreien aussieht", entgegnete ich lachend.

„Wieso nicht, mir steht sie sicherlich viel besser."

Während ich bereitwillig die Schürze öffnete und über den Kopf zog, begann Ben, sich ohne weiteren Kommentar auszuziehen.

Im ersten Moment war ich überrascht, aber dann war mir klar, was er vorhatte. Im Gegensatz zu mir wollte er die Schürze nicht über seinen normalen Klamotten tragen, sondern anstatt. Ich hatte ja schon von Nacktputzern gehört, die man mieten konnte, aber Nacktköche waren selbst mir neu. Allerdings war der Anblick, der sich mir gerade bot, durchaus dazu angetan, mich in freudige Erregung zu versetzen.

Ben ließ sich Zeit, als er sein Hemd aufknöpfte. Er zelebrierte das Öffnen jedes einzelnen Knopfes und schob es schließlich sehr gekonnt mit einer leichten Schulterdrehung nach unten.

„Nimm doch Platz und sieh dir in Ruhe die Show an. Sie ist wirklich gut", forderte er mich unverblümt auf.

Artig und erwartungsfroh zog ich mir einen der Barhocker an die Frühstückstheke und nahm darauf Platz – sozusagen direkt in der ersten Reihe. Allerdings nicht sehr damenhaft. Nachdem ich mich gesetzt hatte, spreizte ich die Beine und hakte meine Absätze an den seitlichen Verstrebungen des Hockers ein. Die Hände stützte ich zwischen meinen Schenkeln auf dem Hocker ab und blickte herausfordernd und neugierig zu ihm hinüber. Ich konnte dabei nicht umhin festzustellen, dass Ben nackt wirklich unglaublich lecker aussah und ich merkte, wie ich mir unbewusst über die Lippen leckte, da sich diese plötzlich ständig trocken anfühlten. Jetzt drehte er sich lässig um und wandte mir seinen muskelbepackten Rücken zu. Während sich seine Hüften geschickt zur Musik aus dem Küchenradio wiegten.

Er posierte ein bisschen vor einem imaginären Spiegel und begann unter meinem leisen Applaus, seine Jeans aufzuknöpfen. Seine Schuhe flogen in hohem Bogen in die nächste Ecke. Dann bückte er sich vorne über und zog vorsichtig unten an seinen Hosenbeinen, um diese nach und nach immer weiter nach unten rutschen zu lassen. Außer Socken und Slip trug Ben jetzt nichts mehr und so konnte ich nicht widerstehen, mich ebenfalls schnell nach vorne zu bücken, um ihm einen ordentlichen Schmatzer auf seinen Po zu verpassen. Ich mochte seine Augen, aber dieser Hintern war sicherlich das Zweitschönste an ihm. Definitiv der schönste Arsch in dieser Galaxie. Da musste ich einfach auch noch schnell den Bund seines Slips greifen, diesen erst hochziehen und ihn dann wieder zurückschnalzen lassen.

„Hey – nur gucken, nicht anfassen. Das kostet extra, Lady!"

Da ich leider gerade keine Geldscheine griffbereit hatte, die ich ihm zwischen die hübschen Pobacken klemmen konnte, kritzelte ich auf die Schnelle einen leicht unleserlichen Schuldschein auf ein Stück Küchenrolle. „500 Schwedische Kronen oder 1 Nacht nach Wunsch" stand mit viel gutem Willen darauf zu lesen. Wie erwartet, entschied Ben sich für die Nacht der Wünsche, als er mein Angebot aus seinem Slip entfernt und gelesen hatte.

Natürlich unterstellte er mir prompt, dass ich dies absichtlich so krakelig geschrieben hatte, um später nicht mehr auf das Erfüllen dieses Versprechens festgenagelt werden zu können. Der Grund war jedoch ein ganz anderer. Ich streckte ihm wortlos meine Arme entgegen und dabei konnte er sehen, dass meine Hände wirklich zitterten. Leider ließ sich das auch nicht so einfach abstellen, weil ich dafür viel zu aufgeregt war. Seine Gegenwart machte mich stets derart nervös, besonders dann, wenn er mir sehr nahe kam. Dann schlugen meine Hormone Purzelbäume, meine Knie wurden weich, ich hatte Schmetterlinge im Bauch und konnte keinen klaren Gedanken mehr fassen. Sein Geruch weckte alle meine animalischen Gelüste. Ich wollte nichts anderes, als ihn ganz eng auf meiner nackten Haut zu spüren. Da war einfach kein Platz mehr für auch nur einen einzigen, anders gearteten, vernünftigen Gedanken.

Das erklärt wohl auch meine Anfeuerungsrufe, die dafür sorgten, dass er schließlich auch die letzten Hüllen fallen ließ. Fasziniert folgte ich jeder seiner geschmeidigen Bewegungen.

Und obwohl seine Rückansicht sehr sexy war, rief ich laut „Umdrehen!"

Ben kam dieser Aufforderung auch gerne nach. Aber nicht, ohne sich vorher noch schnell meine Küchenschürze überzuwerfen und sie ordentlich im Rücken zuzubinden. Etwas enttäuscht war ich schon, dass er mich offensichtlich noch etwas schmoren lassen wollte. Andererseits beherrschte er dieses Spiel, mich so richtig scharf zu machen, wirklich sehr gut.

„Was Schotten unter ihrem Rock tragen, wissen die meisten Frauen. Aber was so ein echter Schwede unter der Schürze trägt nicht. Aber vielleicht willst du es ja herausfinden?"

Zum Glück war auch ich gerne möglichst frech. Also antwortete ich betont gelassen: „Später, mein Hübscher. Jetzt will ich erst einmal rauskriegen, ob mich der Vorzeige-Schwede auch ordentlich durchfüttern kann."

Wir widmeten uns also vorerst der Zubereitung der Teigwaren nebst der Soße und waren in Rekordzeit mit kochen und essen fertig. Der Wein trug noch zu unserer gelösten Stimmung bei. Wobei das enorme Arbeitstempo sicherlich nicht alleine daran lag, dass es Ben so leicht bekleidet kalt wurde oder wir am Verhungern gewesen wären.

Ich würde diese Tatsache eher dem Umstand zuschreiben, dass ich meine Hände während des Kochens nicht von ihm lassen konnte. Außerdem war ich der Ansicht, dass so ein bisschen Stoff ganz sicherlich nicht ausreichend vor schweren Verbrennungen durch Kochwasserspritzer an Bens empfindlichsten Teilen schützen konnte. Also hatte ich beschlossen, diese edelmütig und ganz uneigennützig zu beschützen, indem meine Hände während der leider viel zu kurzen Kochzeit der Pasta stets eine Art lebendiges Suspensorium bildeten. Mist, daran hatte ich beim Einkaufen nicht gedacht. Ganz normale, getrocknete Nudeln brauchten wenigsten zehn bis fünfzehn Minuten, aber diese hier leider nur zwei bis drei. Zu schade aber auch.

Aber schließlich hielt mich ja nichts davon ab, nach dem Dinner einfach dort weiterzumachen, wo ich so rüde durch das Klingeln der Eieruhr unterbrochen worden war.

Wir saßen uns beim Essen am Tisch gegenüber, und ich hatte unter dem Tisch schon mal vorsorglich meine Pumps von den Füßen gestreift. Nur noch mit Nylonstrümpfen bewaffnet bahnten sich meine Füße einen Weg zwischen seine Beine. Dort angekommen begann ich, ihn sanft zu massieren, und machte mich dabei unmerklich auf den Weg nach oben auf der Suche nach seinem Mittelpunkt. Seine Haut fühlte sich kühl und dank der nur geringen Behaarung glatt und äußerst angenehm an. Ich rutschte weiter nach unten auf meinem Stuhl, um die Reichweite meiner neugierigen Füße etwas zu erhöhen und ihn noch mehr verwöhnen zu können. Mir huschte ein verräterisches Grinsen übers Gesicht, als seine Gabel laut krachend auf den Teller fiel. Ob das wohl damit zu tun hatte, dass ich gerade sein bestes Stück zwischen meine Füße geklemmt hatte und es sanft auf und ab massierte?

Wir blickten uns an und ließen die halbvollen Teller einfach stehen, obwohl es wirklich schade war um das leckere Essen. Ben kam um den Tisch herum und fiel regelrecht über mich her. Ich half ihm, so gut ich konnte, meine Hose und Pulli schnellstmöglich aus dem Weg zu schaffen. Den Rest zog ich lieber alleine aus, sonst hätte seine Ungeduld wohl doch noch Schaden angerichtet. Ich protestierte nicht im Geringsten, als er mich hochhob und auf dem Frühstückstresen absetzte. Er streichelte meine Oberschenkel und küsste mich fordernd. Seine Hände erkundeten jeden Zentimeter meiner nackten Haut, und ich genoss seine Zärtlichkeiten in vollen Zügen. Seine Lippen hinterließen eine heiße Spur von Küssen auf meinem Körper und arbeiteten sich von meiner Brust immer weiter Richtung meines Lustzentrums. Seine Finger strichen über meine Seite bis an die empfindliche Stelle kurz über meinen Hüftknochen und von dort aus nach innen. Weiter nach unten zwischen die Innenseite meiner Schenkel und bis zu meinen Kniekehlen. Den Rückweg erledigte seine Zunge, die begierig meinen Saft aufleckte, als sie in meinem Mittelpunkt angekommen war. Ich fing an zu zappeln, weil ich mich nicht länger beherrschen konnte.

Inzwischen war ich ganz automatisch immer weiter in seine Richtung an den vorderen Rand des Tresens gerutscht und ließ mich jetzt daran nach unten auf den Boden gleiten. Ich wendete mich von ihm ab und bot ihm meine Kehrseite an, indem ich das rechte Bein waagrecht auf den Frühstückstresen hochlegte und so nur noch auf einem Bein stand. Ich reckte ihm meinen Po auffordernd entgegen und konnte es gar nicht erwarten, bis er endlich in mich eindrang. Diesmal jedoch ganz langsam und sanft. So vergingen meiner Schätzung nach mehrere Minuten, in denen wir uns in perfekter Harmonie vor und zurück bewegten und ich mich in seinen Armen warm und geborgen fühlte.

Irgendwann gewann aber die pure Lust aufeinander wieder die Oberhand, und der Druck seiner Arme, seines Beckens und seines Schwanzes wurden härter, fordernder und noch erregender. Ben hielt mich mit einem Arm umfasst und drückte so meine Hüfte an sich. Ich lag mit dem Oberkörper auf dem Tresen und bot ihm so die Möglichkeit, gerade und sehr tief in mich einzudringen. Die Arbeitsplatte fühlte sich kühl und etwas steril an und war nicht gerade bequem.

„Die Position sollten wir uns merken, so tief kann ich ihn dir sonst nicht reinstecken und schön eng fühlt es sich auch an – daran könnte ich mich gewöhnen", war Bens Kommentar zu unserer heutigen Location.

Ich empfand das ganz genauso und stöhnte: „Steck ihn mir so tief rein wie irgend möglich und mach noch ein bisschen schneller – ich komme gleich".

Seine Hand umfasste meine rechte Schulter und hielt mich fest, wenn seine Stöße allzu heftig zu werden drohten, sodass ich – trotz des gesteigerten Tempos – nur leicht mit der Kante des Tresens nähere Bekanntschaft schloss. Er trug noch immer die Schürze und ich konnte das Auf- und Abwandern des hochgeklappten Stoffteils auf meinem Rücken spüren, während wir uns liebten. Solange bis ich sein kräftiges Zucken wahrnahm, dass für gewöhnlich seinen Samenerguss begleitete.

Dieses außergewöhnliche Dinner würde ich bestimmt nicht so schnell vergessen, dessen war ich mir sicher.

Nachdem wir uns jetzt wieder hungrig gefickt hatten, warfen wir unsere fast unangerührten Teller noch einmal kurz in die Mikrowelle und verspachtelten den Rest des wirklich außergewöhnlichen Essens in aller Ruhe. Nicht ohne vorher die bereitgelegten

Stoffservietten leicht zweckzuentfremden und sie auf unseren Stühlen zu platzieren. Zum einen hatten wir nichts mehr an, worin man diese am Hals hätte stecken können, und zum anderen wollten wir die Möbel nicht verschmieren. Immerhin waren wir beide noch ziemlich nass. Nach dem zweiten Gang machten wir uns kurz frisch und verkrümelten uns zufrieden ins Bett. Schließlich hatte Ben ein paar anstrengende Tage hinter sich und brauchte nun dringend etwas Schlaf.

Nacht der Wünsche

Etwa zwei Wochen später kamen wir gerade von einem Kinobesuch zurück in meine Wohnung, als Ben ohne jede Vorwarnung meinen Schuldschein aus seiner Jackentasche zauberte. Ich sah ihn forschend an und fragte mich, was er sich jetzt wohl von mir wünschen würde für diese Nacht. Wobei ich zugeben muss, dass ich mit allem Möglichen gerechnet hatte, aber nicht damit, was jetzt gleich auf mich zukommen sollte. Das hatte ich mir in meinen wildesten Träumen nicht einmal annähernd vorgestellt.

Ben schaute mir tief in die Augen und fragte: „Nova – Liebling. Vertraust du mir?"

Mir wurde ein wenig mulmig in der Magengegend. Und so bejahte ich dies einfach nur.

„Du weißt, ich würde nie zulassen, dass dir etwas widerfährt, was du nicht möchtest. Du kannst mich also ganz unbesorgt in eine etwas ungewöhnliche Location begleiten. Ich verspreche, dir passiert nichts."

Nachdem ich mich von dieser Ankündigung kurz erholen musste, antwortete ich: „Das klingt ja geheimnisvoll, wenn auch ein wenig Angst einflössend. Bist du dir sicher, dass das eine gute Idee ist?"

„Komm schon, gib dir einen Ruck. Ich verspreche, es wird dir gefallen."

„Also gut, dann aber schnell los, bevor ich es mir doch noch anders überlege."

Er küsste mich und wir fuhren schweigend an den Stadtrand von Stockholm und hielten vor einem zweistöckigen Gebäude. Ben half mir galant aus dem Wagen und führte mich zu einer Treppe, die hell erleuchtet und komplett verspiegelt war. Sie führte in den Keller und endete vor einem kleinen Fenster, hinter dem eine dralle, völlig überschminkte Blondine saß und den Eintritt kassierte. Dass Ladies hier nicht die Mehrheit des Publikums darstellten, erklärte sich schon dadurch, dass ich keinen Eintritt bezahlen musste. Wir nahmen unseren Getränkegutschein in Empfang, und auf Knopfdruck aus dem Kassenfenster öffnete sich rechts von uns die Eingangstür.

Im Inneren befand sich eine Bar, hinter der ich die Blondine von soeben erkannte. Sie zeigte uns die Garderobe und reichte Ben das bestellte Bier und mir ein Glas Sekt. Nachdem ich mich von meinem ersten Schreck erholt hatte, sah ich mich um. Hinter uns lag eine Tanzfläche, an deren Kopfende zwei Tanzstangen in Boden und Decke verankert waren. Daran räkelten sich zwei recht ansehnliche, buchbare Damen und priesen mit aufreizenden Bewegungen ihre Vorzüge an. Außer uns saßen noch acht andere Gäste um die u-förmige Theke, die allesamt männlich waren. Entweder waren sie noch damit beschäftigt, ihr Bier zu trinken, welches als Mindestumsatz bestellt werden musste, oder sie hatten sich noch nicht für ein Mädchen entschieden.

Neben den beiden Tänzerinnen und der Bardame entdeckte ich noch zwei weitere Damen des horizontalen Gewerbes, aber erst bei näherem Hinsehen. Links und rechts von der Tanzfläche befanden sich längliche Nischen in den Mauern. Die Seite zur Tanzfläche hin war vergittert, und so konnte ich bei der schwachen Beleuchtung erst bei genauer Betrachtung feststellen, dass sich hinter diesen Gittern noch je eine weitere Dame selbst befingerte. Beide schienen nur mit einem Minislip bekleidet zu sein und hatten offensichtlich Spaß so ganz alleine. Ich war mir nicht sicher, ob die Herren bei Gefallen mit in den engen Gitterkäfig gebeten oder ob die Damen daraus freigekauft wurden. Dies hing vermutlich auch davon ab, ob der jeweilige Herr eine exhibitionistische Ader hatte oder nicht.

Daneben gab es einen Durchgang, der zu einigen Minikabinen führte, in denen man gegen entsprechendes Entgelt relativ privat Pornofilme gucken konnte. Sie boten lediglich Platz für eine sitzende Person, die nicht unter Platzangst leiden durfte. Zwar hatten die kleinen, bunten Holzboxen einige kleinere Öffnungen, diese waren jedoch sicherlich alleine aus Belüftungsgründen nötig. Anderenfalls wäre der Sauerstoff in wenigen Minuten verbraucht gewesen. Wieder eine Biegung des Rundganges später stand ein großes schwarzes Lederbett für jedermann frei zugänglich an der Wand. An den vier Eckposten des Bettkastens waren jeweils große Stahlringe angebracht, die offensichtlich dazu dienten, Karabinerhaken mit Ketten daran zu befestigen und damit eine Person bewegungsunfähig ans Bett zu fesseln. An der schwarz gestrichenen Wand dahinter hingen diverse Lederutensilien von Masken über Hand- und Fußfesseln, Peitschen bzw. Paddel und Knebel bis hin zu Nippelklemmen und den dazu gehörenden Gewichten. Diverse Ketten in unterschiedlicher Länge, Stachelhalsbänder, Cockringe, Beiß- und Spreizstangen sowie Kiefersperren hingen ebenfalls griffbereit. Wer sich hier anketten ließ, musste jederzeit damit rechnen, dass fremde Personen um die Ecke bogen und sich entweder nur an dem Anblick erfreuten oder vielleicht auch dran dachten, sich an dem hier stattfindenden Spiel zu beteiligen.

Auch für Herren, die lieber unter sich blieben, gab es einen abgetrennten Bereich, zu dem mir allerdings der Zugang untersagt war. Wie unschwer an den rot bemalten Schwingtüren zu erkennen war, die jedem Wild-West-Saloon zur Ehre gereicht hätten. Der einzige Unterschied war neben der Farbe ihre etwas eigenwillige Form, die einen erregierten Penis nebst Hodensäcken darstellte, der genau in der Mitte geteilt war. Auf der linken Hälfte des Schaftes stand in riesigen schwarzen Buchstaben „Gays" und auf der rechten Seite „only" unübersehbar zu lesen.

Die grell angemalte Blondine führte uns weiter herum. Überall auf dem geschwungenen Rundweg hingen Monitore von der Decke, auf denen unterschiedlichste Pornofilme gezeigt wurden. Es standen reichlich Wandnischen und Mini-Wandtische zur Verfügung, sodass man seinen Drink auch hier einnehmen und sich dabei animieren lassen konnte. Allerdings musste man sich mit den Bildern ohne Ton begnügen, was ich persönlich wenig hilfreich finde. Aber vielleicht sieht das die hauptsächlich männliche Kundschaft ja anders.

Hier wurden verschiedenste Fetische bedient. Von Lack und Leder über Domina-Spiele und Analverkehr nebst Urin-Spielen bis hin zu Bondage-Verschnürungen. Bei der Vielzahl an verschiedenen Pornos auf so engem Raum wäre es aber vermutlich sowieso nicht möglich gewesen, einer einzelnen Vertonung – wie simpel sie auch immer sein möge – zu folgen.

Wir waren noch leicht verwirrt von den verschiedenen Eindrücken und den Gästen, die sich auf dem Gang tummelten, als uns unsere persönliche Begleiterin nun zu den privateren und damit auch abschließbaren Bereichen dieses Etablissements brachte. Der erste Raum sah aus wie ein Untersuchungszimmer einer Frauenarztpraxis. Ein sehr heller, fast rein weißer Raum, der frisch sterilisiert roch. Ein kleiner Antritt mit zwei Stufen führte zu einem originalen Untersuchungsstuhl mit den entsprechenden, spreizbaren Beinschalen hinauf. Darüber hing eine riesige Operationslampe, deren höhenverstellbarer Arm jeden gewünschten Beleuchtungswinkel machbar werden ließ. Auf einem Beistelltischchen daneben fanden sich Spatel und Nierenschalen genauso wie diverse medizinische Instrumente. Von Stethoskopen über Klistiere bis hin zu Abstrichrohren war alles vorhanden. An der Wand hingen einige weiße Arzt- und Schwesternkittel, Schwesternhäubchen, Röntgenschürzen und sogar Sauerstoffmasken. Ein Leichensack mit Reißverschluss sowie Gummihandschuhe, die eher wie Fäustlinge wirkten und offensichtlich für Fesselspiele gedacht waren, vervollständigten die Einrichtung.

Das nächste Motto-Zimmer wirkte wie ein überdimensionales Kinderzimmer, nur dass alle Möbel mindestens um zwei Nummern größer waren als normal. In der Mitte stand ein riesiger Laufstall, dessen Gitter bestimmt 1,50 Meter hoch waren. Es gab Babyfläschchen, Schnuller, Babyhäubchen, Schmusedecken und sogar Windeln, Kindertoilettensitze und Reinigungstücher in Übergröße. Ich konnte mir ein Grinsen nicht verkneifen und fragte mich insgeheim, ob sich in den Babyfläschchen tatsächlich lauwarme Milch oder doch ein hochprozentiges Getränk befand. Neben der gigantischen Wickelkommode stand ein noch größerer Sessel, in dem dann wohl die Ersatzmama Platz nahm. Ich überlegte, ob es für diese eine Mindest-Tittengröße gab, da ich mir vorstellte, dass dies für die Bucher dieses Zimmers sicherlich von nicht unerheblicher Bedeutung war, um sich so richtig geborgen zu fühlen. Von dieser etwas sonderbaren

Vorliebe hatte ich vorher zwar schon einmal gehört, aber dass es so viele Anhänger dieser Spielart gab, dass sich dafür ein extra Raum rentierte, war mir zuvor nicht klar gewesen. Was nur wieder einmal meine Theorie bestätigte, dass man den Menschen ihre Neigungen nur selten ansah.

Das nächste Zimmer erregte meine Aufmerksamkeit. Von der Decke hing eine große schwarze Liebesschaukel inklusive Hand- und Fußschlaufen. Darüber befand sich ein weiterer Filmmonitor, auf dem man sich einen Wunschfilm zeigen lassen konnte, sofern all die anderen Anregungen noch nicht ausgereicht hatten, einen in Stimmung zu bringen. Ansonsten war die Beleuchtung eher sparsam und die Atmosphäre eher düster mit einem Hauch Rauch in der Luft. Die Wand hinter und die gegenüber der Schaukel waren verspiegelt, was dem Raum eine große Tiefe gab und sicherlich auch einige ungeahnte Perspektiven eröffnete. Offensichtlich konnte man sich sowohl alleine als auch zu zweit vergnügen. Zumindest enthielt der kleine Wandschrank eine ganz ansehnliche Auswahl an Gleitgel, Dildos, Vibratoren und Gummimuschis mit und ohne Batteriebetrieb. Unsere Führerin interpretierte meinen fragenden Blick richtig und zeigte auf einen nicht minder kleinen und vielfältigen Vorrat Kondome in allen Regenbogenfarben und mit den unterschiedlichsten Oberflächen. Von Rillen über Noppen bis hin zu Stacheln – für jeden Geschmack etwas. Wir erfuhren außerdem, dass es ebenfalls erlaubt war, sein eigenes Spielzeug mitzubringen, wenn man sich dieses trotz Gummis nicht mit anderen Benutzern teilen wollte. Ich empfand dies durchaus als gute Idee, war mir aber sicher, dass das Stammpublikum dieses Ladens vermutlich nicht ganz so empfindlich war wie ich.

Nachdem sich unsere Begleiterin wieder hinter die Bar verabschiedet hatte, beschlossen wir uns nach diesem Schnelldurchlauf nochmals alleine in Ruhe umzusehen. Da wir wieder am Tresen angekommen waren, verfolgten wir für einige Minuten die Show der Tänzerinnen. Wir standen in einer Ecke der Tanzfläche und küssten uns. Ich fühlte mich zwar irgendwie deplatziert zwischen allen diesen gestylten und professionellen Vertreterinnen meines Geschlechts, aber andererseits hatte ich meinen Begleitschutz ja gleich an meiner Seite, und trotz allem machte mich diese völlig außerhalb der Norm befindliche Stimmung unheimlich an. Hier drehte sich alles nur um Sex und Spaß.

Wir ließen uns von dieser völlig übersexten Atmosphäre anstecken und begannen uns zu streicheln, ohne auf die anderen Gäste zu achten. Das war andersrum aber genau umgekehrt. Die umstehenden Männer schienen sich durchaus für uns zu interessieren. Es dauerte nur wenige Minuten und der erste Beobachter trat dicht an uns heran und fragte Ben, ob wir nicht vielleicht Lust hätten, uns zu dritt zu amüsieren. Er prostete und zwinkerte uns zu und ließ seine Finger dabei ganz sanft an meiner Wirbelsäule entlang streichen. Mir lief ein kleiner wohliger Schauer über den Rücken. Ich schaute Ben kurz in die Augen und lehnte das Angebot dann freundlich, aber entschieden ab. Als wir wieder alleine waren, fragte ich Ben, was er eigentlich vorhatte, da es sich heute Nacht ja schließlich um die Erfüllung seiner Träume drehen sollte. Auch wenn ich mich im Moment allerdings leicht überfordert fühlte und eigentlich keine Lust verspürte, eine fremde Person in unser Liebesspiel einzubauen. Ich war mit Ben absolut ausgelastet und völlig zufrieden. Ich brauchte keine Abwechslung und auch keinen zusätzlichen Kick. Aber um mich ging es ja auch nur in zweiter Linie. Also wartete ich mit einem leicht flauen Gefühl im Magen gespannt auf seine Antwort.

Aber bevor er antworten konnte, stand schon der nächste Kerl ganz dicht hinter mir und umfasste meine Hüften mit beiden Händen. Er drückte sein Becken gegen meinen Po. Es war irgendwie seltsam, denn oben führten wir ein ganz normales Gespräch, bei dem sich der Fremde formvollendet als Jonas vorstellte und uns fragte, ob wir verheiratet seien. Unten hingegen war plötzlich ein mir völlig unbekannter, erregter Penis, der ganz eindeutig seine eigene Sprache hatte. Er rieb sich an mir und schubste mich immer wieder mit Schwung, so als würde er tatsächlich in mich eindringen. Ich fühlte mich wie in einem Sandwich. Vorne konnte ich Ben küssen, der zwischenzeitlich ebenfalls recht erregt war, und hinten spürte ich sehr deutlich den Fremden. Eine seltsame Erfahrung, aber durchaus faszinierend und wirklich heiß. Ich schloss die Augen und verlor mich in diesem merkwürdig aufwühlenden Chaos der Empfindungen. Es war so seltsam irreal, dass ich mich in einen meiner Träume versetzt fühlte und dazu passten einfach keine geöffneten Augen. Unbekannte Hände schoben sich unter mein Oberteil und öffneten den Rückenverschluss meines BHs. Der fremde Mann umfasste meine Brüste von hinten und streichelte sie. Ich konnte ein Stöhnen nicht unterdrücken, als seine Fingerkuppen immer wieder schnell über meine Nippel flogen. Eine leise Stimme an meinem Ohr erzählte mir etwas von traumhaft schönen Titten, die ihn unheimlich anmachten. Ich fühlte mich seltsam, wie auf einer großen Wattewolke über dem Alltag schwebend, bis die nächsten Rundgänger an uns vorbeikamen und mir die Peinlichkeit der Lage wieder bewusst wurde. Ich öffnete erschrocken die Augen und blickte Ben genau ins Gesicht, der mich fasziniert beobachtete.

„Ich hätte jetzt gerne etwas mehr Privatsphäre, also nur du und ich. Wenn es dir nichts ausmacht."

„Natürlich nicht, Liebling. Wenn ich raten soll, würde ich sagen, dir hat das Zimmer mit der Liebesschaukel am besten gefallen. Wollen wir uns dahin zurückziehen?"

Ich nickte nur, und Ben entschuldigte uns bei unserem Begleiter. Dieser lächelte und wünschte uns noch einen schönen Abend. Ich entspannte mich erst etwas, als Ben die Tür hinter uns schloss und sie von innen verriegelte. Ich atmete tief durch und musste lachen, als Ben genauso wie zuhause erst einmal den Fernseher einschaltete. Eigentlich hatte ich damit gerechnet, dass hier auch nur Bilder zu sehen waren, aber aufgrund des abgeschlossenen Raumes hatte man sich offensichtlich entschieden, dieses Filmchen doch mit Ton auszuliefern. Außerdem fehlte die ansonsten übliche Fünf-Minuten-Ministory am Anfang. Hier ging es gleich mit wildem Gerammel los, ohne jede einleitende Kurzgeschichte. Die Lautstärke ließ sich nur sehr unzulänglich steuern, aber heute war ja sowieso alles anders als an normalen Tagen. Unserer Stimmung taten diese kleinen Pannen aber keinen Abbruch, dazu waren wir inzwischen schon viel zu aufgeheizt.

Wir küssten uns und begannen sogleich, uns gegenseitig auszuziehen. Endlich nackt hob Ben mich etwas hoch, sodass ich leichter in der Schaukel Platz nehmen konnte. Ich steckte die Hände freiwillig in die dazu angebrachten Handschlaufen, da ich mich so etwas besser festhalten konnte, da die Schaukel leicht nach vorne geneigt war. Ich streckte die Beine hoch in die Luft, und Ben fädelte meine Füße in die entsprechenden Halteschlaufen ein. Ich schaukelte leicht vor und zurück, während Ben sich bückte und mich mit seiner Zunge stets kurz verwöhnte, wenn ich vorne bei ihm vorbeigeflogen kam. Es war ein kurzes, aber sehr intensives Lecken meines Kitzlers, das viel zu schnell vorbei war und doch gleich erneut von vorne begann. Ben steigerte das Tempo der Schaukel durch einen kräftigen Schub und passte seine Zungenfertigkeit daran an. Es war ein seltsames Gefühl des Ausgeliefertseins in dieser Hängevorrichtung. Ich war zwar nicht gefesselt, aber trotzdem war meine Bewegungsfreiheit komplett eingeschränkt. Mit den Händen musste ich mich festhalten, um nicht aus der Schaukel zu rutschen und meine Beine waren hoch oben in der Luft. Ben unterbrach sein gekonntes Gezüngel und kam zum Kopfende der Schaukel. Er fasste mit einer Hand in meine Haare und zog meinen Kopf sanft nach hinten, ohne jedoch dabei grob zu sein. Ich öffnete freiwillig den Mund und nahm seine Männlichkeit begierig in mir auf. Meine Lippen schlossen sich fest um seinen Schaft, und meine Zunge spielte mit seiner Eichel. Ben gab den Takt vor und hatte sichtlich Spaß an diesem Blowjob.

„Schön saugen, meine Süße, so ist's geil. Das fühlt sich richtig schön nass und eng an – mach einfach weiter und press die Lippen noch etwas fester zusammen."

Ich versuchte, ein kleines Vakuum zu erzeugen, um so das Druckgefühl für ihn noch zu verstärken, und bemühte mich, meine Kehle zu entspannen, wenn er allzu tief in mich eindrang.

Als Ben meinen Mund wieder freigab und sich auf den Weg zum Fußende machte, erwartete ich eigentlich, dass er nun mit mir schlafen würde. Soweit hatte ich mit meiner Ahnung zwar Recht, aber er überraschte mich vorher noch damit, dass er an mir vorbeiging und die Tür aufschloss. Unser letzter Begleiter mit dem kräftigen Schubs stand - wohl in weiser Voraussicht - draußen vor der Tür und hatte gewartet, ob seine Dienste heute noch einmal benötigt werden würden. Und diese Ahnung hatte ihn auch nicht getrogen.

Er folgte Ben ins Zimmer und dieser verriegelte anschließend wieder die Eingangstür. Jonas stand vor Ben, sodass dieser ihn von hinten umfassen und streicheln konnte. Dabei zog er Jonas langsam aus, und ich folgte fasziniert dem dargebotenen Schauspiel, ohne auch nur ein Wort herausgebracht zu haben. Jonas trug große Piercings in Form von Ringen, die durch seine Nippel gezogen waren. Die beiden standen sich jetzt gegenüber, ich konnte von der Seite zusehen, wie Ben jetzt sachte abwechseln mit den Zähnen an den Piercing-Ringen zog und mit der Zunge daran spielte. Weiter unten lieferten sich die beiden erregten Zauberstäbe schon fast ein Scheingefecht, wenn sie munter hin und her zuckten. Ein seltsamer und zugleich sehr erregender Anblick. Allerdings fragte ich mich im Stillen, ob die beiden mich vergessen hätten. Schließlich war ich auch noch da. Sehr nass und sehr sexy und völlig hilflos. Worauf warteten sie?

Um nicht ganz übersehen zu werden, machte ich mich erst einmal lautstark bemerkbar: „Hallo Jungs, habt ihr mich vergessen? Es macht mich zwar unheimlich an, wenn ihr euch gegenseitig befummelt, aber ich will auch mitspielen.“

„Ich glaube, du willst nicht nur spielen, du willst wohl eher dringend gefickt werden“, lautete Bens spöttische Antwort, und er hatte verdammt recht damit.

Irgendwann hatten die beiden dann aber doch ein Einsehen, und Ben nahm seinen Platz am Fuß-,

Jonas seinen am Kopfende ein. Jonas drehte meinen Kopf zur Seite, sodass ich Ben zwar nicht mehr sehen konnte, aber sehr intensiv spürte, wie er in mich eindrang. Die Schaukel setzte sich wieder in Bewegung, und ihre Ausschläge wurden zunehmend stärker. Ebenso wie die Penetration in meinem Mund. Jonas war nicht gerade klein gebaut, und so hatte ich Probleme, mit meiner Zunge noch außen herum zu kommen. Ich spürte deutlich, dass mein Kiefergelenk Mühe hatte, meinen Mund weit genug geöffnet zu halten und dabei noch die Stöße abfangen musste, die sowohl von unten als auch von der Seite kamen.

Jonas lobte mich für mein Durchhaltevermögen: „Was für ein gieriger kleiner Schluckmund – schön weit aufmachen. So fühlt sich das echt super an. Du bist ein Naturtalent."

Da meldete sich auch Ben zu Wort: „Ich kann dir nur zustimmen, Jonas, und deshalb würde ich jetzt gerne zur Abwechslung meinen Schwanz gegen Novas Mandeln schubsen – wenn du gestattest."

Das klang ja fast wie ein Anflug von Eifersucht? Ich hörte jedoch gleich wieder auf zu denken und genoss diese nie gekannte Erregung, die meinen ganzen Körper prickeln ließ. Nach einigen Minuten tauschten die beiden die Plätze und ich war froh, meinen Kiefer etwas entlasten zu können.

Jonas streifte sich ein Kondom über, umfasste fest meine Oberschenkel und versenkte seinen Penis sofort hart in mir.

Dann revanchierte er sich verbal bei Ben: „Ich weiß nicht, was mir besser gefällt, deine Freundin in den Hals oder ganz normal zu vögeln – irgendwie fühlt sich alles perfekt an."

Seine Hüfte schlug dabei fest gegen meine Oberschenkel und verursachte ein klatschendes Geräusch. Er nahm mich hart und schnell – so wie ich es mochte. Ich konnte seine muskulösen Oberschenkel spüren, die meine Beine spreizten und seinen harten Unterbauch, der an meinem Kitzler rieb. Trotz Bens bestem Stück zwischen den Zähnen konnte ich etwas undeutlich verständlich machen, dass es mir völlig egal sei, welcher Schwanz wo war, Hauptsache beide würden nicht aufhören, das zu tun, was sie gerade machten.

„Fickt mich weiter – alle beide – es ist einfach zu geil.“

Die Schaukel nahm immer weiter Fahrt auf und hatte den Vorteil, dass ich bei zu viel Druck nach oben weggeschoben wurde und sich so die Stupser an meiner Gebärmutterwand in Grenzen hielten und auch nicht wirklich unangenehm waren. Er füllte mich komplett aus, was sich einfach unglaublich gut anfühlte, und so stieg mein Lustpegel mit wachsender Geschwindigkeit der Stöße und entsprechender Reibung schließlich soweit, bis ich tatsächlich mit einem richtigen Urschrei kam und dies, obwohl ich immer noch Bens Penis im Mund hatte. Mein eigenes gurgelndes Orgasmusgeräusch hallte in meinen Ohren wider, und vor meinen geschlossenen Augenlidern tanzten bunte Lichtpunkte.

Ich hatte das Gefühl, mein Kopf wäre gerade explodiert, und deshalb war ich froh, als mir Ben kurz darauf seinen Samen mit den Worten „Schluck schön, du kleines Miststück“ in den Mund spritzte.

Jonas hatte noch etwas mehr Durchhaltevermögen, aber schließlich kam auch er.

Ben forderte Jonas auf: „Spritz es ihr auf den Bauch, sodass wir beide dabei zusehen können."

„Super Idee – lass sie uns so richtig einsauen."

Bei dieser Ankündigung von Jonas schloss ich vorsichtshalber die Augen, um am nächsten Tag nicht mit roten Augen herumlaufen zu müssen. Ich öffnete sie erst wieder, als nur noch einige einzelne Tropfen auf meinen Unterbauch ankamen. Wie erwartet, hatte Jonas gekonnte Schleudertechnik sogar etwas Sperma bis hoch zu meinen Brüsten befördert, und Ben malte damit lustige kleine Kreise um meine Nippel. Auch er schien es zu genießen, Jonas dabei beobachten zu können, wie dieser mich fickte.

Durch die Spiegelflächen konnte ich Jonas und auch Ben sowohl von vorne als auch von hinten betrachten, und man hatte das Gefühl, dass noch viel mehr als nur drei Personen im Raum waren. Wie eine große Anzahl Zuschauer, die diesem Schauspiel beiwohnten und dem Ganzen noch einen zusätzlichen Kick bescherten. Allmählich begann ich aus meinem leicht weggetretenen Zustand wieder in die Realität zurückzukehren, und meine Gelenke machten sich etwas schmerzhaft bemerkbar. Wobei es auch hier sowohl merkwürdig als auch sehr sinnlich war, gleich von zwei Männern unter Küssen und Streicheleinheiten aus den Halteschleifen befreit zu werden.

Wie sich herausstellte, war Jonas durchaus öfter in diesem Lokal anzutreffen und da wir uns alle drei äußerst sympathisch waren, tauschten wir unsere Telefonnummer aus, um uns bei Gelegenheit wieder einmal hier zusammen zu vergnügen. Denn schließlich war dies „kein flotter Dreier im klassischen Sinne gewesen", wie Jonas dies so treffend bemerkte und den er unbedingt nachholen wollte. Ich war mir dessen nicht ganz so sicher, da ich mich noch lebhaft an seine enormen Ausmaße im erregten Zustand erinnerte und mir ein klein wenig Sorgen machte, wie ich das alles ohne größere Verspannungen und Schmerzen, wo auch immer, unterbringen sollte. Andererseits war die heutige Nacht zwar überraschend, ungewöhnlich und völlig verrückt gewesen, andererseits aber auch überaus befriedigend. Jonas schien außerdem ein sehr angenehmer und kultivierter Zeitgenosse zu sein, vor dem man sich nicht fürchten musste. Insofern war ich nicht abgeneigt, weitere Versuche mit neuen Praktiken zu starten.

Die Tücken des Hintertürchens

Auf dem Nachhauseweg ließen Ben und ich die Ereignisse der heutigen Nacht noch einmal Revue passieren und stellten einvernehmlich fest, dass die Einlösung des Gutscheins ein echter Geheimtipp und Gewinn für uns beide war. Ben hatte überhaupt kein Problem mit Jonas' Vorschlag, sich bald mal auf ein erneutes Schäferstündchen zu dritt zu treffen. Ich hingegen fand die Aussicht zwar spannend, aber andererseits fürchte ich mich auch ein wenig davor. Ich wusste einfach nicht, was da genau auf mich zukam. Ich hatte noch nie zuvor Analverkehr praktiziert und konnte mir auch beim besten Willen nicht vorstellen, wie das schmerzfrei vonstattengehen sollte. Genau genommen war ich eher davon überzeugt, dass dies auf keinen Fall angenehm oder lustvoll sein konnte. Auch konnte ich den Gedanken an die normale Nutzung dieser Körperöffnung nicht wirklich abschütteln und fand die Vorstellung eher etwas unappetitlich. Bens Faszination für dieses Thema konnte ich nicht einmal annähernd nachvollziehen.

Wir kamen überein, dass Ben und ich erst einmal für uns beide alleine ausprobieren wollten, ob ich mich mit dieser Art von Sex überhaupt etwas anfangen konnte, bevor wir Jonas mit einbezogen.

Am nächsten Tag rief ich Maja an und verabredete mich mit ihr auf einen unserer berühmt-berüchtigten Sex-Kaffeeklatsche. Hierbei tauschten wir stets die neuesten Neuigkeiten im Zusammenhang mit unseren gerade aktuellen Bettgenossen bzw. jeweiligen Lebensabschnittsgefährten aus und holten uns ab und an einen unabhängigen Rat von der besten Freundin. Maja hatte natürlich mal wieder die Nase vorn und schleppte mich sogleich zum nächsten Erotikshop. Wir verbrachten fast eine Stunde mit der Suche nach Anal-Kugelsträngen bzw. -ketten, Gleitgel und – weil wir gerade schon mal da waren – auch gleich noch nach einem neuen Vibrator.

Am Ende unserer Shoppingtour war ich stolze Besitzerin eines leuchtend blauen Anal-Kugelstranges mit zehn unterschiedlich großen Kugeln. Diese hatten eine feste, schmale Verbindung untereinander und wurden nach oben hin immer dicker. Am oberen Ende war eine Rückholschlaufe angebracht. Der Maximal-Durchmesser von drei Zentimeter bei der größten Kugel sah eigentlich noch recht harmlos aus, wie ich fand. Maja lachte nur und meinte, dass ich das beim ersten Einführen sicherlich anders sehen würde. Andererseits schien sie dabei durchaus Spaß zu empfinden, empfahl mir aber, es möglichst langsam angehen zu lassen und mich erst im Laufe der Zeit zu steigern.

Dabei kam mir wieder ein Fernsehausschnitt in den Sinn, bei dem ich ein Interview mit zwei bekannten Pornodarstellerinnen gesehen hatte. Auf die Frage des Reporters, wie es möglich sei, riesige Salatgurken oder auch enorme Schwänze einfach so in sich aufzunehmen, hatten beide glaubhaft versichert, dass sie richtig große Dinge in jedem Fall lieber im Arsch hätten als in ihrer Muschi. Zuerst hatte mich diese Aussage verblüfft, aber es folgte eine durchaus nachvollziehbare Erklärung. Zum einen ist eine Vagina im Schnitt nicht länger als sieben bis acht Zentimeter, was schon bei dem berühmten zwanzig Zentimeter langen Penis ein Platzproblem ergibt, und zum anderen ist sie auch nur in sehr begrenztem Umfang dehnfähig. Beides trifft auf den Anus nicht zu. Sowohl in der Länge als auch in der Dehnfähigkeit ist die Rosette klar im Vorteil. Schmerzfrei allerdings jedoch nur mit entsprechender langsamer Vordehnung, die dann jedoch ständig erweitert werden kann. Ganz offensichtlich schien dies auch eine Gewöhnungsfrage zu sein. Will meinen, je öfter man Analverkehr hatte, umso entspannter konnte man mit der Dehnung umgehen.

Nach dem Einkaufs- und dem Rechercheteil rückte nun der Praxistest unausweichlich näher. Da Ben mir nicht wehtun wollte, hatten wir vereinbart, dass wir meinen Arsch mit dem neuen Anal-Kugelstrang entjungfern wollten. Zur Einstimmung sahen wir uns einen Porno an und befingerten uns gegenseitig so lange, bis beide Stimulationen ihre Wirkung soweit entfaltet hatten, dass wir zum „gefährlichen" Teil übergehen konnten.

Ben nahm auf einem der Esszimmerstühle Platz und legte mich quer über seine Oberschenkel, so als würde er mir den Hintern versohlen wollen. Ich erinnerte mich an Majas Rat, mich darauf zu konzentrieren, mich zu entspannen. Je verkrampfter ich war, um so eher bestand die Möglichkeit, dass es wehtat. Ben lenkte mich ab, indem er mit einer Hand meinen Kitzler massierte. Zwischendurch bekam ich hin und wieder einen etwas festeren Klaps auf die Pobacken, was mich nur noch mehr erregte. Ben ließ eine größere Menge Gleitgel von hinten durch meine Ritze laufen und verteilte es gleichmäßig zwischen meinem Poloch und meinem Kitzler, bis alles gleichmäßig nass, glitschig und gut vorbereitet war.

Obwohl mir klar war, was jetzt folgen würde, erschrak ich doch ein wenig, als ich die erste kleine Kugel fühlte, die sich langsam, aber sicher auf den Weg zu meiner Rosette machte. Ich spürte nur einen ganz leichten Druck, als die ersten zwei, drei Kugeln in mir verschwanden. Gerade das Wechselspiel zwischen leichter Dehnung und wiederholtem Schließen des Pomuskels zwischen den Kugeln machte den Reiz daran aus. Das hatte eine durchaus luststeigernde Wirkung auf mich, wie ich sehr schnell feststellte.

Je größer die Kugeln wurden, umso heftiger war der Unterschied zwischen Dehnung und Zusammenziehen der Rosette. Wir arbeiteten uns langsam bis Kugel Nummer fünf oder sechs vor – das war für einen ersten Test durchaus kein schlechter Schnitt. Denn obwohl mir die Kugeln eigentlich gar nicht so groß erschienen waren, wollte ich den Rest des Stranges dann doch lieber heute noch nicht ausprobieren. Das wäre zu viel des Guten gewesen. Ein eigenartig fremdes und trotzdem durchaus spannendes Erlebnis.

Ben lachte über meine Bedenken und versicherte mir, dass ich mir völlig unnötig Sorgen machte und lieber versuchen sollte, mich zu entspannen und mich zu amüsieren. Alles in allem war dieser erste Versuch meinerseits jedoch nur ein Teilerfolg, da ich an diesem Nachmittag zum ersten Mal keinen Orgasmus hatte, als ich mit Ben zusammen war. Die Situation war insgesamt so ungewohnt, und ich war von zu vielen Eindrücken und Befürchtungen so abgelenkt, dass ich mich einfach nicht auf das Wesentliche konzentrieren konnte.

Das änderte sich jedoch im Laufe der Zeit von ganz alleine. Bereits beim vierten oder fünften Test mit der Anal-Kugelkette war mein Hintern schon so gierig, dass ich mein gut eingegeltes Hinterteil ganz von selbst gegen die Kugeln presste, bis sie eine nach der anderen in mich eindrangen und schließlich auch die drei Zentimeter Durchmesser kein Problem mehr für mein Poloch darstellten. Ben konnte die Kette jetzt, so schnell er wollte, vor und zurück bewegen, ohne dass mir das unangenehm war – ganz im Gegenteil. Bei einer Kombination von Kugeln und Kitzlerstimulanz ging ich im wahrsten Sinne ab wie

Schmitz' Katze. Meine Rosette schien ein Eigenleben zu entwickeln und verlangte nach immer größeren Dehnungen, sodass die Kugelkette bald nicht mehr ausreichte, um meine Lust zu befriedigen.

Weshalb Ben vom nächsten Innenstadtbesuch Anal-Fingerlinge mitbrachte. Diese waren aus Gummi und mit zahllosen Noppen oder Rillen bedeckt. Man stülpte sie einfach über den Finger und konnte den Partner so bewaffnet anal befriedigen. Die Idee gefiel mir so gut, dass ich sie auch einmal an Ben ausprobieren wollte, was sich dieser nicht zweimal sagen ließ. Sein Favorit war das Noppenmodell, und ich brauchte mir so auch keine Sorgen wegen des Verletzungsrisikos durch meine Fingernägel zu machen. Ben lag auf der Seite und hatte die Beine angewinkelt. Ich saß hinter ihm und streichelte seine nackte Haut. Dann verband ich ihm mit einem meiner Seidenschals die Augen und umschlang seine Handgelenke mit einem zweiten Seidentuch. Das waren keine strengen Handfesseln, aber sie sollten für einen kleinen Reiz der Bewegungsunfähigkeit und des Kontrollverlustes ausreichend sein, den ich selbst als sehr erregend empfand. Meiner Erfahrung nach kann man sich nur dann wirklich ganz fallen lassen und einen äußerst intensiven Orgasmus erleben, wenn man sich – im positiven Sinne – völlig ausgeliefert und hilflos fühlt. Und genau das hatte ich heute mit Ben vor.

Ich schob seine Oberschenkel noch etwa nach oben, solange bis sie einen rechten Winkel zu seinem Oberkörper bildeten und öffnete sie dann einen Spalt breit, sodass ich Bens Eier von hinten bespaßen und lecken konnte. Dann griff ich mir sein bestes Stück und verteilte überall gleichmäßig Gleitgel. Auch an dem empfindlichen Damm zwischen seiner Schwanzwurzel und seinem Poloch. Ich strich mit sanftem Druck meiner Zunge darüber und ließ sie dann mit immer stärkerem Druck und schnelleren Bewegungen auf und ab tanzen. Um die Spannung noch zu verstärken, zog ich seine Pobacken mit beiden Händen, so weit es ging, auseinander und kniff nebenbei leicht hinein. Ich entscheid spontan, dass auch ein paar sanftere Hiebe mit dem Lederpaddel heute durchaus angebracht waren. Warnte ihn aber netterweise vorher kurz verbal vor, da er mich ja schließlich nicht sehen konnte. Außerdem war Vorfreude ja bekanntlich die schönste Freude. Wobei ich mir nicht sicher war, ob er das just in diesem Moment ebenso sah. Aber da musste er jetzt einfach durch. Außerdem entnahm ich seinem angeregten Stöhnen, dass er diese Behandlung durchaus zu genießen schien. Zwischendurch strich ich ganz sanft mit den Handflächen über seine Pobacken, was bei Ben eine leichte Gänsehaut verursachte. Bei mir hingegen machte sich eine deutliche Erregung bemerkbar. Vielleicht steckte in mir ja mehr Domina, als mir bisher bewusst gewesen war.

Voll in der neuen Rolle aufgehend, griff ich mir den Noppen-Fingerling und schob ihm diesen ganz langsam, Millimeter für Millimeter, in sein Poloch, das sich anfangs sehr eng anfühlte. Ich hatte durchaus etwas Mühe, meinen Finger dazwischen zu zwängen. Ich erinnerte mich an Bens Ablenkungsversuch bei mir und begann, seinen Penis zu massieren, was auch prompt zu einer deutlichen Entspannung der Rosette führte. So konnte ich mich etwas unbedrängter noch ein kleines bisschen weiter vorwagen. Ich ließ meinen Zeigefinger ganz leicht auf und ab schnipsen und bewegte ihn zusätzlich noch langsam vor und zurück. Zwischendurch entfernte ich ihn auch immer wieder ganz, um so für ein wenig Entspannung zu sorgen. So vorbereitet ließen sich hier sicherlich auch noch größere Dinge unterbringen, wie zum Beispiel auch mal zwei Finger auf einmal oder vielleicht sogar ein Butt Plug. Diesen hatte ich bei unserem letzten Bummel durch den Sexshop sowohl in einfacher Ausführung als auch in einer aufpumpbaren Form gesehen. Vielleicht eine hübsche Geburtstagsüberraschung – manchmal war ich wirklich gemein und völlig uneigennützig! Bei dem Gedanken musste ich über mich selber lachen.

Dafür, dass ich bis vor einigen Wochen noch überhaupt keinen Schimmer von Analsex gehabt hatte, machte ich jetzt ja schon ganz schön hochtrabende Pläne. Ben wollte wissen, worüber ich mich gerade amüsierte, und so erzählte ich ihm kurz von meinem Gedankengang. Dabei nahm sein Hinterteil fast automatisch eine etwas verkniffene Haltung ein, und ich beeilte mich, ihm zu versichern, dass ich dieses Sextoy erst noch zu erwerben gedachte und er sich im Moment zumindest deshalb noch keine schlaflosen Nächte zu machen brauchte.

Dann konzentrierte ich mich wieder voll auf Ben und seine Erektion. Ich massierte seinen Schwanz und fickte gleichzeitig mit meinem Finger seinen Allerwertesten.

„Das fühlt sich echt geil an, Nova, aber kannst du meinem Hintern bitte eine kleine Pause gönnen – das ist doch recht ungewohnt für mich", stöhnte Ben wohlig, aber doch auch ein wenig angestrengt.

„Gern, mein Schatz, was hältst du von einer kleinen Rosettenmassage mit kühlendem Gel zur Entspannung?"

„Guter Plan, Liebling."

Um Ben noch ein wenig mehr von seiner verspannten Kehrseite abzulenken, umschlossen mein Zeigefinger und mein Daumen fest seine Nülle und sorgten für ausreichend Druck und Reibung, um ihn den leichten Druck vergessen zu lassen.

Ben schien auf den Behandlungswechsel gut anzusprechen: „Du kleine, süße Sau, du weißt genau, wie man einen Mann so richtig in Fahrt bringt und du willst mir allen Ernstes erzählen, du hättest noch nie jemanden in den Arsch gefickt? Das glaub ich dir nicht, dafür ist das viel zu geil."

Ein paar kleine Bisse an seiner Hüfte und seinen Backen ließen ihn zucken und brachten ihn zum Stöhnen. Lange hielt er diese ungewohnte Behandlung nicht durch, aber dafür kam er umso heftiger. Ich beschloss, dieses Gefühl der Dominanz noch ein wenig auszukosten und befreite ihn erst einige Zeit danach von seinen Fesseln und der Augenbinde.

Ich war gerade aufgestanden, als Ben wieder soweit bei sich war, dass er beschloss, sich kurzerhand zu revanchieren.

Er drehte mich zu sich um und stellte mein rechtes Bein auf die Bettkante. Dann hielt er mich am Becken fest und leckte mich so heftig und schnell, dass ich ganz automatisch mit beiden Händen meine Brüste umfasste und meine harten Nippel zwischen Zeigefinger und Daumen zwirbelte. Ich zwickte sie, so fest ich konnte, um mit diesem leichten Schmerz meine Erregung noch weiter zu steigern, was auch ausgesprochen gut klappte. Ich ließ meine Brustwarzen wieder los und fuhr mit allen Fingern der flachen Hand in schnellem Wechsel sanft darüber, solange bis ich es nicht länger aushielt und sie wieder fest zu zwirbeln begann. Bens Zunge passte sich meinem Rhythmus an und verwöhnte meinen Kitzler immer dann besonders intensiv, wenn ich auch meine Brüste gerade heftig knetete. Er hatte sein Gesicht so fest gegen meine nasse Spalte gepresst, dass ich deutlich jede seiner Bartstoppeln auf der zarten Haut zwischen meinen Schenkeln fühlen konnte. Das Pieksen hielt mich jedoch nicht davon ab zu kommen. Zum Glück bevor Ben einem – wenn auch schönen – Erstickungstod nahe war.

Merkwürdigerweise fühlte ich mich Ben nach einem Arschfick immer sehr nahe. Irgendwie verstärkte diese Art von Sex den Zusammenhalt bzw. das Zusammengehörigkeitsgefühl zwischen uns. Vielleicht hing das ja damit zusammen, dass man für diese Art von Liebesspiel ein gewisses Vertrauen zu einander haben musste, um überhaupt entspannt genug zu sein, das auch genießen zu können. Weshalb ich mir auch nicht vorstellen konnte, das jemals mit jemandem zu versuchen, den ich nicht wirklich kannte und deshalb einigermaßen gut einschätzen konnte.

Bei Ben hingegen konnte ich mich sicher fühlen. Er reagierte selbst auf nonverbale Hinweise meinerseits. Wobei dieses Herantasten an die eigenen Grenzen sehr sexy war und mir zunehmend Spaß brachte. Was wiederum ganz von selbst meinen „Horizont" erweiterte. Ich mochte es sehr, wenn Ben mich zuerst ausgiebig leckte und seine Zunge erst dann stoppte, wenn ich bereits kurz vor dem Höhepunkt war. Meist drehte er mich dann einfach um, sodass ich ihm die gleiche Behandlung angedeihen lassen konnte. Wenn sein Penis durch den Blowjob dann ausreichend motiviert war und steif in die Höhe ragte, erhob er sich und stand vor dem Bett. Ich kniete auf allen vieren mit gespreizten Beinen und gesenktem Oberkörper auf der Kante des Bettes, und er drang von hinten in meine Muschi ein. Dabei beugte er sich über mich und streichelte meine Brust. Mit schneller werdendem Tempo lagen seine Hände auf meinen Hüftknochen und zwangen mich sanft, aber bestimmt, seinem Rhythmus zu folgen.

Da die Kugelkette mittlerweile kein Größenproblem mehr darstellte, konnte er mir diese dank Gleitgel in einem Rutsch in den Hintern schieben und mit den heftigen Stößen seines Beckens bis zum Anschlag versenken, sodass nur noch der Rückholgriff zu sehen war. Vom Gefühl her erinnerte mich das an eine meiner Lieblingsfantasien, in denen eine Frau gleichzeitig von zwei Männern befriedigt wird. Durch den Druck, den Bens Penis von innen her ausübte, konnte ich den Analstring noch deutlicher fühlen.

Heute war jedoch selbst dies nicht ausreichend, um meinen Appetit zu stillen. Weshalb ich Ben etwas atemlos bat „gib mir mehr, Baby."

Ben entzog sich mir und stülpte rasch ein Kondom über, während ich sehnsüchtig auf seine Rückkehr zu mir wartete. Ich wollte sein bestes Stück unbedingt haben. Hier, jetzt und zum ersten Mal in meinem Hintern.

Aber trotz sehr guter Vorbereitung fühlte sich das erste Mal, als Ben tatsächlich langsam und vorsichtig in mein Poloch eindrang, recht extrem an. Es tat ein wenig weh und fühlte sich so ganz anders an als der Analstrang oder auch ein oder zwei Finger. Aber nach weiteren zwei Ansätzen passte er dann wider Erwarten doch hinein, und ich versuchte krampfhaft, mich zu entspannen. Was mir mit der Zeit tatsächlich auch gelang. Ich nahm meine Finger zur Hilfe und rieb und klopfte heftig über meinen Kitzler, während Ben jetzt schon etwas schneller zu Werke ging. Die Kombination von Kitzlerreibung und Bens Schwanz in meinem Hintern war mehr als genial. Trotz des Gefühls, gleich gesprengt zu werden, begann ich, ihm meinen Hintern auffordernd entgegenzustrecken und aktiv an der synchronen Bewegung unserer Becken mitzuarbeiten, was Ben erst so richtig in Fahrt brachte. Er spritzte schnell und heftig ab und nachdem der Druck in mir etwas nachgelassen hatte, explodierte auch ich. Diese Art von Sex war sehr viel animalischer und purer als jede andere Art der Vereinigung. Ben kam hierbei sehr viel schneller als sonst. Trotzdem empfand er es als intensiveren Genuss und war so stets gerne bereit, sich dazu überreden zu lassen.

Drei sind nicht immer einer zuviel

Irgendwann entschieden wir, dass wir jetzt ausreichend oft zu zweit geübt hatten und verabredeten uns mit Jonas. Wir trafen uns dieses Mal aber bei Ben und nicht im Club, da wir ungestört und unter uns sein wollten.

Ich war schon den ganzen Tag nervös und in aufgeregter Vorfreude, sodass ich überhaupt keinen Hunger hatte. Nach einer ausgiebigen Dusche und einer Massage mit pflegenden Körperölen legte ich noch etwas von meinem Lieblingsparfüm auf und schlüpfte in meine Lieblingsunterwäsche aus rotem Lack und schwarzer Spitze. Der Bügel-BH brachte meine Brüste gut zur Geltung, und der kleine Slip bedeckte nur das Nötigste. Dazu passend zog ich die knallroten Lackstiefel mit den zehn Zentimeter hohen Absätzen an, die eine durchgehende Schnürung hatten und sehr sexy aussahen. Die Haare band ich zu einem hohen Pferdeschwanz zusammen. Etwas Make-up, smokey eyes und roter Lippenstift rundeten das Outfit perfekt ab. Anstatt einer Kette trug ich ein rotes, schmales Lackhalsband mit kleinen Edelstahlstacheln darauf und einem Haltering um meinen Hals.

Ben zumindest war begeistert von meiner Aufmachung und beeilte sich jetzt ebenfalls, noch die letzten Vorbereitungen für unseren großen Abend zu treffen. Er trug schwarz glänzende, eng anliegende Lack-Pants, die seine Männlichkeit so sehr betonten, dass ich ihn schon vor Jonas Erscheinen ständig befummeln musste. Das Material spannte sich so stramm über seinem Schwanz, dass ich den bis in den Schritt gehenden Zipper nur dann zu öffnen wagte, wenn ich meine Hand zuvor zum Schutz der Kronjuwelen dazwischen gezwängt hatte.

Ben beschwerte sich schon scherzhaft über so viel sexuelle Belästigung während er noch artig versuchte, alles für unser Liebesspiel zu dritt eventuell notwendige Zubehör griffbereit zu legen. Zugegebenermaßen war ich dabei nicht sehr hilfreich, weil ich zu Scherzen aufgelegt und völlig überdreht war. So klaute ich Ben den Vibrator, schaltete ihn ein und steckte ihm diesen von hinten zwischen die Oberschenkel. Es gab ein recht lautes quietschendes Geräusch, als Ben die Oberschenkel heftig zusammenpresste und versuchte, nach vorne zu entwischen.

Unsere Vibrator-Verfolgungsjagd durchs Wohnzimmer wurde jäh vom Klingeln der Türglocke unterbrochen. Das konnte nur Jonas sein. Jetzt wurde es also tatsächlich ernst. Irgendwie hatte ich wohl im Stillen gehofft, dass unser Treffen aus irgendeinem Grund doch nicht stattfinden würde. Aber jetzt war es zum Kneifen eindeutig zu spät. Genau genommen wollte ich auch gar nicht weglaufen. Denn immerhin war dies die reale Umsetzung einer meiner liebsten Fantasien überhaupt. Die Vorstellung, dass eine Frau gleichzeitig von zwei Männern genommen wird, funktionierte bei mir fast immer, wenn ich masturbierte. Andererseits war es etwas ganz anderes, sich etwas nur vorzustellen oder in Form eines Pornos anzusehen, als es tatsächlich selbst zu erleben. Schließlich gab es einiges in meinem Kopfkino, was mich zwar richtig heiß machte, was ich aber andererseits auf keinen Fall jemals selbst erleben wollte. Allerdings hatten sich meine Grenzen in den letzten Monaten, seit ich Ben kannte, schon bereits deutlich verschoben. Und zwar stets in eine Richtung, die ich vorher nie für möglich gehalten hatte.

Ich wartete also gespannt, was der heutige Abend an Veränderungen bringen würde und ob ich mich dafür begeistern konnte. Jonas hatte einen halben Delikatessenladen seiner leckeren kleinen Häppchen beraubt und dazu noch eine Flasche Champagner mitgebracht. So war das Eis schnell gebrochen, und es kam nicht der leiseste Hauch einer peinlichen oder unangenehmen Stimmung auf. Er selbst hatte sich gleich nach seinem Eintreten noch im Flur bis auf eine dunkelblaue, enge Boxershorts ausgezogen, um sich unserem Erscheinungsbild anzupassen. Bis auf die Tatsache, dass wir alle nur Unterwäsche trugen, war alles ganz genauso wie bei einem normalen Abendessen unter Freunden. Das Kerzenlicht warf warme Schatten und ließ Jonas' Brustwarzenringe je nach Bewegung leicht aufblitzen.

Er bat mich, ihm eine Serviette zu reichen, aber ich wollte sie ihm lieber selbst auf den Schoß legen. Schließlich bekommt man so eine Gelegenheit nicht allzu oft, und diese wollte ich mir in keinem Fall entgehen lassen.

Also erhob ich mich bewusst langsam vom Stuhl und beugte mich tiefer als nötig hinunter, um mir eine Serviette zu angeln. Dann tippelte ich auf meinen hohen Absätzen mit kleinen, klackenden Schritten um den Tisch und berührte beim Ausbreiten der Serviette mit dem Gesicht fast Jonas' Oberschenkel. Je näher meine Lippen seinem Penis kamen, umso schneller hob und senkte sich sein Brustkorb ganz dicht neben meinem Kopf. Ich konnte spüren, wie sein Atem über meinen Rücken strich, und beobachtete aus den Augenwinkeln auch Ben, der eine Hand in seinen Schritt gelegt hatte und uns zuschaute. Trotz der im Hintergrund spielenden Musik-CD glaubte ich, ein raschelndes Geräusch vernehmen zu können, dass seinen Ursprung offensichtlich unter Bens Tischseite hatte. Ich strich nur andeutungsweise über die Serviette und trat dann hinter Jonas' Stuhl, um ihn ganz sanft im Nacken zu küssen. Ein Schauer lief über seinen Körper und fast gleichzeitig begann sich die Stoffserviette auf seinem Schoß zu bewegen. Ich legte beide Hände leicht um seinen Hals und ließ meine Lippen zu seinem Ohrläppchen wandern. Jonas schluckte hart und räusperte sich, obwohl ich keinerlei Druck ausübte.

Seine Brustwarzen richteten sich auf, und ich nahm das als Einladung, mich mit ihnen und ihrem glänzenden Schmuck zu befassen. Ich leckte und knabberte vorsichtig daran und wurde mit der Zeit mutiger.

„Zieh ein wenig daran", forderte Jonas mich mit vor Erregung dunkler Stimme auf. Ich tat wie mir geheißen und ließ dabei meinen Blick zu Ben schweifen, der zwischenzeitlich mit seinem Stuhl etwas vom Esstisch weggerückt war. Er hatte den Reißverschluss seiner Pants geöffnet, und ich konnte einen Blick auf seinen steifen Penis werfen, den er gekonnt mit der Hand bearbeitete.

„Liebling, kannst du mir bitte mal anstatt des Salzes das Gleitgel reichen?"

Ich musste lachen und kam der Bitte gerne nach. Auf dem Weg ins Schlafzimmer kam ich an der kleinen Tüte vorbei, die Jonas im Flur hatte stehen lassen. Ich warf im Vorbeigehen einen flüchtigen Blick hinein und blieb dann stehen, um den Inhalt genauer zu inspizieren. Dieser erschien mir durchaus brauchbar, und so nahm ich ihn zusammen mit dem Gel und ein paar weiteren unserer Spielsachen mit zurück zu meinen Männern.

„Kluges Mädchen", war Jonas Kommentar, als er mich mit seiner Tüte bewaffnet zurückkommen sah.

Ich reichte sie ihm, und er nahm ein Paar kleine Bleigewichte sowie ein paar verstellbare Nippelklammern heraus.

Wie sich herausstellte, konnte man die Bleigewichte in sein eigenes Brustwarzen-Piercing einhängen, was ihm ganz offensichtlich zusätzliches Vergnügen bereite. Er zog mich in seine Arme und während er mich küsste, trat Ben hinter mich. Er bog meine Arme sachte, aber bestimmt auf meinen Rücken. Dann befestigte er breite Ledermanschetten an meinen Handgelenken und hakte sie ineinander, sodass meine Hände rücklings gefesselt waren. Jonas neckte gleichzeitig meine Brüste solange, bis die Nippel hart hervorstanden. Perfekt, um die Nippelklammern daran anzubringen. Zuerst war der Druck nicht allzu stark. Dies änderte sich jedoch, als Jonas langsam die Verstellschrauben immer weiter aufdrehte und so der Abstandshalterstift am Ende der Klammern zurückgedreht und somit außer Funktion gesetzt wurde.

Meine Erregung und das recht heftige Kneifen der Klammern ergänzten sich zu einem äußerst prickelnden Erlebnis, welches mich bereits sehr feucht hatte werden lassen. Die Klammern waren mit einer längeren silbernen Kette verbunden, an der Ben jetzt auch noch langsam zog. Ich stöhnte laut, doch Jonas verschloss meinen Mund mit seinem. Sein steifer Penis sprengte fast seinen Slip, als er sich an mir rieb. Ben presste mich von hinten gegen Jonas und umschloss meine gepeinigten Brüste mit seinen Händen und drückte sie gegeneinander. Die Klammern rieben dabei hart an Jonas Brust, und der dabei ausgelöste Schmerzreiz war hin und wieder schon fast unangenehm, aber eben nur fast. Davon abgesehen, verriet mir ein Blick in Jonas Gesicht, dass auch er durchaus ein paar kleine Tode starb, wenn sich seine Bleigewichte in meinen Nippelklemmen und deren Kette verhakten.

Ich war benommen vor Lust. Ich spürte eine Vielzahl von Händen, Zungen, Lippen und jede Menge nackter, heißer Haut an mir und um mich herum, ohne noch genau zuordnen zu können, wem sie gehörten. Ich hatte die Augen geschlossen und gab mich ganz den bittersüßen Empfindungen hin. Zwischen den beiden großen Männern eingeklemmt ließ ich mich einfach treiben und irgendwann kam ich halb geschoben, halb gezogen im Schlafzimmer von Ben an.

Ben ließ sich mit Schwung mitten auf sein riesiges Bett fallen. Wobei er nur bis etwa zur Mitte seiner Oberschenkel wirklich rücklings auf dem Bett lag. Er lächelte zu mir herüber. Wieder zog mich seine deutlich sichtbare Erregung in ihren Bann und meine Blicke magisch auf sich. Er machte eine einladende Handbewegung in meine Richtung.

Da meine Hände noch immer auf dem Rücken gefesselt waren, half Jonas mir netterweise. Er hob mich hoch und postierte mich mit gespreizten Beinen über Bens Becken. Ich kniete mich hin und während Ben seinen steifen Schwanz mit der Unterstützung seiner Hand in die richtige Position brachte, ließ ich mich langsam darauf hinunter. Ben zog die Hand wieder unter mir weg und streichelte meinen Bauch vom Nabel abwärts, bis seine Finger meine Schamlippen erreichten. Er zog sie noch weiter auseinander, sodass mein Kitzler direkt auf seinem harten Unterbauch rieb. Ich genoss jeden Moment unserer Vereinigung und selbst als er mich mittels der Nippelkette zwang, mich weiter zu ihm hinunter zu bücken, steigerte dies meine Erregung nur noch umso mehr. Ben küsste mich leidenschaftlich und schlang seine Arme um mich. So war ich auf ihm gefangen.

In diesem Moment war ich mir der Gegenwart von Jonas zwar bewusst, verspürte aber keine Angst, sondern nur ein erregendes, erwartungsvolles Prickeln. Es begann zwischen meinen Schulterblättern und lief den Rücken entlang bis tief zwischen meine Schenkel – ähnlich einer Nervenreizung oder eines kleinen elektrischen Schlages. Das Fläschchen des Gleitgels gab ein kleines quietschendes Geräusch von sich, als ich das kühle Gleitmittel schon auf und zwischen meinen Pobacken fühlte. Jonas verteilte es geschickt mit seinem handgeführten Schwanz, der zwischendurch immer wieder ein paar kleine Stupser in Richtung Poloch vollführte. Ich hörte das Rascheln von Kunststoff und dann das typische Schnalzen, das beim Überziehen von Einmalhandschuhen entsteht. Der Gummihandschuh mit Jonas' Fingern darin fuhr zwischen meine Pobacken und mit der nötigen Schmierung versehen schnurstracks in meine Hintertür. Jonas penetrierte mich derart geschickt, dass ich auch bei der Hinzunahme des zweiten Fingers keine wirklichen Probleme bekam.

Seinen Penis hatte er mir in die gefesselten Handinnenflächen gelegt, und ich umfasste ihn, so gut es mir in dieser Lage möglich war. Jonas tropfte auch hier noch etwas von dem Gel darüber, sodass ich es selbst ringsherum verteilen konnte. Irgendwann war es dann soweit, dass er seine Finger gegen sein bestes Stück austauschte. Die Dehnung war enorm und der dabei aufgebaute Druck extrem. Inzwischen wusste ich aber, dass ich den anfänglichen Schmerz meist mit bewusst herbeigeführter Konzentration auf die nötige Entspannung verringern konnte.

Ben erfasste die Situation richtig und lag kurze Zeit völlig bewegungslos unter mir, bis Jonas seine Position eingenommen hatte und langsam begann, mich in den Arsch zu ficken. Das war auch für Ben das Signal, seinen Schwanz wieder in Bewegung zu versetzen. Es war einfach unglaublich und nicht wirklich mit Worten zu beschreiben. Selbst in meinen wildesten Träumen hatte ich mir das so nicht vorgestellt. Es schien nirgendwo mehr auch nur noch etwas Platz zu geben. Es war alles ausgefüllt, was ich zur Verfügung hatte und trotzdem megageil. Ich hatte keinerlei Chance, mich an einen von den beiden mit meinen Bewegungen anzupassen, ich ließ es einfach mit mir geschehen. Es war kein eindeutiger Rhythmus mehr auszumachen und da ich mich sowieso nicht bewegen konnte und wollte, konnten die beiden jeder für sich ihren eigenen Takt vorgeben und dies solange, wie sie wollten. Ich ergab mich als erste dem multiplen Orgasmus, der alles in den Schatten stellte, was ich bisher jemals erlebt hatte. Ich trieb einfach auf einer riesigen Wolke der Gefühle davon und registrierte wie in Trance, was Jonas und Ben so mit mir trieben.

Wenn ich das richtig mitbekommen hatte, kam Jonas vor Ben, aber wirklich sicher war ich mir nicht. Ich lag völlig ausgepumpt auf Bens Oberkörper und merkte erst jetzt, mit dem Abflauen des Höhepunkts, dass mein Körper total verspannt war. Weshalb ich froh war, als Jonas sich aus mir zurückzog und kurz drauf die Handfesseln entfernte. Ich rieb meine Handgelenke und rollte mich von Ben herunter, sodass wir anschließend alle drei neben einander auf dem Bett lagen. Ich war völlig verschwitzt, meganass und überall voller klebrigem Gel und Sperma. Und es war egal. Löffelchenliegen im Dreierpack – sah sicherlich super albern aus! Aber selbst wenn in diesem Moment das Haus abgebrannt wäre, wäre ich nicht mehr in der Lage gewesen, mich auch nur noch etwas zu bewegen. Wenn ich gewusst hätte, welcher Muskelkater mich morgen erwarten würde und wie viele Tage ich anschließend nicht wirklich normal gehen oder sitzen konnte, wäre ich vielleicht nicht ganz so entspannt gewesen. In diesem Moment merkte ich zwar die Strapazen der letzten Stunde, aber noch waren ihre Auswirkungen von Glückshormonen überschattet und noch nicht wirklich in mein umnebeltes Gehirn vorgedrungen.

Leider war dies unser erster und gleichzeitig auch unser letzter klassischer Dreier. Ben bekam kurz darauf ein wirklich gutes Angebot von seinem Verlag, das er einfach nicht ablehnen konnte – so gern er ansonsten vielleicht in Stockholm und bei mir geblieben wäre. Sein lang gehegter Wunsch, den Chefredakteurposten für eine neu gegründete Fachzeitschrift zu übernehmen, war endlich Wirklichkeit geworden. Der einzige Nachteil dabei war jedoch, dass damit ein Umzug an die Westküste der USA unumgänglich wurde. Anfangs hatte ich noch die Hoffnung, dass wir trotz der riesigen Entfernung in der Lage wären, eine Fernbeziehung aufrecht zu erhalten, und so ließ ich ihn schweren Herzens ziehen, auch wenn es mir erst einmal das Herz brach.

Das Trostpflaster

Ben war nun schon über zwei Monate fort und
schien sich gut einzuleben – dort drüben jenseits
des großen Teichs. Hin und wieder schickte er
noch eine E-Mail und erzählte von der schwierigen
Aufbauphase der neuen Redaktion, den nötigen Vor-
stellungsgesprächen und der für ihn recht schwierigen
Auswahl der richtigen Kandidaten. Der kleine Kreis
der neuen Kollegen kam aus den verschiedensten
Ländern und so hatten alle das gleiche Problem, dass
ihre bisherigen Freunde und Verwandten alle sehr
weit entfernt lebten. Deshalb traf man sich oft abends
noch in benachbarten Bars, um den Abend gemeinsam einsam zu verbringen oder sich mittels ein paar
Drinks doch recht unterhaltsam zu gestalten. Wobei
mir auffiel, dass dabei in letzter Zeit immer häufiger
der Name einer einzelnen Kollegin auftauchte, mit der
er sich offensichtlich gut verstand. Ich fühlte eine
Welle der Eifersucht in mir aufsteigen und gleichzeitig
war mir klar, dass er sicherlich nicht auf ewig solo
bleiben würde.

Ich vermisste Ben, sein Lachen, seine Zärtlichkeiten und natürlich auch sein bestes Stück.
Manchmal wünschte ich, ich hätte ihn erst gar nicht
kennengelernt. Dann hätte ich mich auch nicht an ihn
gewöhnt und würde mich jetzt nicht so unendlich
alleine fühlen. Vor ihm war ich sehr viel lieber alleine
gewesen als jetzt. Aber jammern half mir auch nicht
weiter – dann schon eher die Flasche Merlot, die mich
irgendwann dann doch einschlafen ließ.

Ein paar Tage später hielt ich es einfach nicht
mehr länger aus. Ich musste unbedingt mit jemandem
darüber sprechen, wie ich mich fühlte, und am liebsten mit jemandem, der Ben kannte. Dann würde ich

nicht viel erklären müssen und konnte mich ganz auf mein Unglücklichsein konzentrieren. Es war nicht sehr nett und auch recht egoistisch, aber mir fiel niemand besserer ein als Jonas. Er würde auch ohne viele Worte verstehen können, wie es in mir gerade aussah und wen ich bzw. wir beide verloren hatten. Und wenn ich mir selbst gegenüber ehrlich war, so fehlte mir auch mein in der jüngsten Vergangenheit doch recht ausgeprägtes Liebesleben. Auch dafür war Jonas die perfekte Lösung. So ein kleiner Orgasmus würde mich sicherlich entspannen und von meinen trüben Gedanken ablenken – worauf also warten? In Selbstmitleid baden konnte ich schließlich auch morgen noch.

Also wischte ich meine Tränen weg und wählte mit zitternden Fingern Jonas' Nummer. So ganz sicher war ich mir nicht, wie Jonas reagieren würde. Schließlich hatten wir uns bisher immer nur zu dritt getroffen. Jonas schien nicht der Typ für eine feste Beziehung zu sein und stattdessen lieber seine Freiheit zu genießen. Vielleicht war ihm dies zu persönlich und zu nahe. Andererseits würde ich es nicht herausfinden, wenn ich es nicht wenigstens versuchen würde.

Es hatte schon mindestens vier oder fünf Mal durchgeläutet, und ich war versucht, einfach wieder aufzulegen, als Jonas doch noch ranging.

Er schien etwas außer Atem zu sein, als er sich meldete, und trotzdem zog mich seine sonore Stimme sofort wieder in ihren Bann. Charmant wie immer, beeilte er sich, mir zu versichern, dass er froh war, dass ich ihn anrief. Entgegen meinen Befürchtungen verlief das Gespräch in äußerst entspannter und vertrauter Atmosphäre, und wir verabredeten uns für den folgenden Abend in meinem Appartement.

Da wir nicht wirklich besprochen hatten, wie wir uns den genauen Ablauf des Abends vorstellten, beschloss ich, mich nicht allzu auffällig zu kleiden. Eine schlichte, enge schwarze Jeans mit Ballerinas und einer roten Carmen-Bluse schien mir das Richtige für diesen Anlass zu sein. Die kirschrote Bluse war eines meiner Lieblingsstücke, da sie dank der Volants sehr verspielt wirkte. Bei Bedarf konnte man aber auch den Ausschnitt kräftig nach unten verlegen und die Aussichten für das Gegenüber durchaus sehr tief und sexy gestalten – ganz nach Lust und Laune. Meine blonden Haare waren zu zwei Zöpfen geflochten, die mit dicken roten Haargummis am Ende in Form gehalten wurden. Sie ließen mich jünger und verletzlicher wirken, auch wenn der passende rote Lippenstift in starkem Kontrast dazu stand.

Jonas trug ebenfalls Jeans und ein lässiges, dunkelblaues Shirt. Wir begrüßten uns, indem wir uns umarmten und angedeutete Küsse links und rechts auf die Wangen austauschten. Ein sehr vertrauter Geruch stieg mir in die Nase und weckte schlagartig sehr angenehme Erinnerungen an zusammen verbrachte Stunden. Ich spürte dieses altbekannte Kribbeln in meinem Nacken und die ganz leicht hingehauchte Gänsehaut, die meine Wirbelsäule entlang nach unten zwischen meine Pobacken kroch und schließlich in meiner langsam feucht werdenden Muschi endete. Jetzt erst merkte ich, wie sehr ich dieses Gefühl vermisst hatte.

Ehe ich noch darüber nachdenken konnte, ob sich so eine Begrüßung gehörte, wanderten meine Hände wie von selbst über seine Schultern und seinen breiten Rücken noch weiter nach unten. Ich umfasste seine Hüfte an beiden Seiten und presste ihn heftig gegen meinen Schoß. Jonas schien nicht im Mindesten überrascht, sondern lächelte nur verhalten.

Seine Lippen suchten meine, und er küsste mich hart und gierig. Ich schmeckte ihn und genoss es in vollen Zügen. Auch wenn dies einige bittersüße Erinnerungen an zu dritt verbrachte Stunden wachrief. Trotzdem überwog diese Welle an Lust, Begierde und Vertrautheit den gleichzeitig verspürten Herzschmerz. Es fühlte sich auch nicht falsch an, und ich hatte kein schlechtes Gewissen dabei. Schließlich konnte ich Ben mit Jonas nicht wirklich betrügen. Ben war ja selbst damit einverstanden gewesen, mich mit Jonas zu teilen.

Dann hörte ich auf zu denken und gab mich ganz Jonas' einfühlsamen Liebkosungen hin. Mehr oder weniger hilfreiche Gespräche konnte ich auch in einigen Stunden noch führen. Genauso wie das Unglücklichsein locker noch bis morgen warten konnte. Außerdem kann auch ein gut gemachter Orgasmus das Leben bereits wieder sehr viel freundlicher aussehen lassen.

Wozu also warten?
Das Leben ist definitiv zu kurz für ein langes Gesicht.

Vom Nebendarsteller zur Hauptfigur des erotischen Abenteuers

Dies war mein erstes Treffen mit Jonas alleine, seit Ben nach Amerika versetzt worden war. Und obwohl es sich einerseits sehr vertraut anfühlte, in Jonas' Armen zu liegen, so war es anderseits doch ungewohnt. Denn eigentlich waren Ben und ich das Liebespaar gewesen, und Jonas hatte lediglich hin und wieder die Rolle eines spannenden, zusätzlichen Kicks in unseren sexuellen Spielchen übernommen.

Ich war froh, dass wir uns in meinem Appartement verabredet hatten, so hatte ich wenigstens meine gewohnte Umgebung, die mir etwas Sicherheit gab. Andererseits fühlte es sich sehr gut an, von Jonas geküsst zu werden. Er presste seine Lippen ohne Zögern auf meinen Mund und zog mich an sich. Sein sinnlicher Duft stieg mir in die Nase und verursachte sofort eine Gänsehaut vor Erregung. Oh ja – ich erinnerte mich nur zu gut an frühere Begegnungen mit diesem atemberaubenden Mann. Er hatte eine unglaubliche erotische Ausstrahlung, die gleichzeitig ganz natürlich wirkte. Was vermutlich daran lag, dass er sich seines guten Aussehens und des durchtrainierten Körpers jederzeit bewusst war. Er mit einfach mit sich selbst zufrieden und absolut im Reinen. So konnte er sich ganz auf sein Gegenüber konzentrieren und – in diesem Fall – mich gekonnt verwöhnen. Jonas war nicht der Typ für Blümchensex – eher im Gegenteil. Er fasste mich durchaus etwas härter an, was mich jedoch nicht im Geringsten störte. Stattdessen verstärkte diese Art der Behandlung nur meine Erregung, da ich fühlen konnte, wie sehr er mich begehrte. Eine sehr intensive Art, sich nahe zu sein, und eine, die schon nach kurzer Zeit abhängig machen konnte. Ich fühlte mich in seiner Gegenwart stets sehr lebendig, sehr sexy und sehr heiß – gibt's etwas Schöneres? Wohl kaum! Welche Frau träumt nicht von einem solchen Liebhaber?

Ob dieses überaus angenehme Spielchen heute Zukunft hatte und ob sich Jonas überhaupt eine - wie auch immer geartete - engere Beziehung mit mir vorstellen konnte, wollte ich im Moment gar nicht ergründen. Im Augenblick wollte ich nur seine fordernden Hände auf meiner nackten Haut spüren und es in vollen Zügen genießen, wenn sich seine Finger fest um meine Brüste schlossen. Seine Lippen saugten sich fordernd an meinem Hals fest und hinterließen dort ein paar schöne blaue Knutschflecken, die ich aber erst am nächsten Tag entdeckte. Im Moment durchdrang mich nur seine Gier, die ich deutlich spüren konnte. Seine Zunge wanderte am Rand meines Ohres entlang, nur um schließlich züngelnd in meine Ohrmuschel einzutauchen. Erst fühlte ich nur den prickelnden, warmen Hauch seines Atems, als er sanft über meinen Hals blies. Dann stöhnte ich laut auf, als Schauer der Erregung über meine Haut liefen, während sich seine Zähne durchaus etwas unsanft in meinen Nacken gruben. Er schob mich rückwärts gegen die Wand und zerrte eilig meine Jeans nach unten. Der Rest meiner völlig überflüssigen Kleidung flog sogleich in hohem Bogen hinterher.

Er umfasste mein rechtes Handgelenk und drehte es mit einer schnellen Bewegung auf meinen Rücken. Gerade so weit, dass es noch nicht schmerzte, mich aber daran hinderte, mich wegzubewegen. Sein Gewicht drückte mich wieder fest gegen die Wand, und er küsste mich hart und sehr fordernd auf den Mund. Seine Zunge war ebenso forsch wie der Rest seiner Bewegungen, und ich hatte Mühe, mein Keuchen einigermaßen unter Kontrolle zu halten. Er schob eines seiner Beine zwischen meine und hob es an, sodass auch ich gezwungen war, mein Bein über seinem in die Waagerechte zu schieben. Seine Hüfte zwängte meine Beine noch weiter auseinander, und ich konnte endlich seinen steifen Schwanz spüren. Jetzt war ich es, die ihm noch näher kommen wollte. Wir küssten uns immer noch heftig und meine freie Hand wanderte wie von selbst zu seinen Pobacken, um ihn noch dichter an mich zu drücken – sofern das überhaupt möglich war. Ich wollte ihn mehr als alles andere, aber Jonas schien mich noch etwas warten lassen zu wollen.

Er verlagerte sein Gewicht etwas seitlich, nahm seinen Mittelfinger in den Mund und steckte ihn anschließend schön nass zwischen meine Schamlippen. Er begann seinen Finger ganz langsam aber mit Druck vor und zurück zu bewegen, achtete jedoch peinlich darauf, dabei noch nicht meinen Kitzler zu berühren. Obwohl er ganz genau wusste, dass ich mir in diesem Moment nichts sehnlicher wünschte. Das war zwar nicht fair, aber dafür machte es mich unheimlich an. Ich begann mich unter seinen erfahrenen Händen hin und her zu winden, doch er schaffte es stets, nur meine Schamlippen oder auch den Eingang meiner Vagina zu streicheln und meiner Klitoris geschickt auszuweichen.

Falls ich dachte, diese süße Qual würde bald enden, sollte ich mich täuschen. Jonas wusste genau, wie er mich noch mehr auf Touren bringen konnte. Seine Lippen strichen anfangs sehr sanft über meine Brüste, mehr wie ein Atemhauch, denn wie eine tatsächliche Berührung. Ich atmete heftig und meine Nippel traten deutlich hervor. Doch ich wusste, freiwillig würde Jonas mir nicht geben, wonach ich mich so sehr sehnte, also bat ich ihn darum.

„Bitte küss meine Titten – leck meine Brustwarzen – fester bitte! Und dann saug daran!"

Es machte mich fast verrückt vor Erregung, wenn Jonas gleichzeitig an meinen Nippeln knabberte, schließlich etwas heftiger drauf biss und seine Finger dabei immer noch meine Muschi streichelten. Er konnte meine Erregung sehen und fühlen, aber er wollte sie auch hören:

„Komm schon, Nova, du willst doch noch mehr?"

„Ich will dich – deinen Finger an meinem Kitzler und deinen Schwanz in mir. Also fick mich endlich – ich kann und will nicht länger warten."

Jonas lachte und entgegnete: „Na siehst du meine Kleine – das war doch gar nicht so schwer."

Sprach's und umschloss mit seinen Lippen heftig meine Brustwarzen. Und wenn ich vorher schon befürchtet hatte, er hätte vergessen, wo sich mein Kitzler befand, jetzt wusste ich, er hatte ihn gefunden. Eine Welle der Erregung durchflutete meinen Körper, und ich konnte das flutschende Geräusch hören, dass seine Finger zwischen meinen Beinen verursachten.

Dann hob er mich mit beiden Händen kurz in die Höhe und parkte mich auf seiner Hüfte, während er tief in mich eindrang. Mein Gott, wie gut er sich anfühlte. Hätte ich mir in diesem Moment etwas wünschen können, wäre es sicherlich darauf hinausgelaufen, dass Jonas für immer dort bleiben sollte, wo er gerade war – mitten in mir. Sein Schwanz fühlte sich hart und prall an und hatte genau die richtige Größe. Außerdem stimmte unser Rhythmus gut überein und ich genoss diesen wilden Ritt in vollen Zügen – genauso wie Jonas.

Bei einem besonders tiefen Stoß, kurz bevor er kam, schaute Jonas mir tief in die Augen und sagte nur kurz und knapp:

„Mir wird erst jetzt klar, wie sehr ich das und vor allem dich vermisst habe – wir beide passen einfach gut zusammen, und vor allem stehen wir auf die gleiche Art von Sex. Schön, dass du angerufen hast. Es wäre wirklich zu schade, wenn wir beide jeder für sich alleine in seiner Bude herumsitzen und uns langweilen würden, wenn wir doch stattdessen zusammen geilen und rattenscharfen Sex haben können. Ich kenne wirklich niemanden, mit dem man schöner ‚Kratz mich, beiß mich, gib mir Tiernamen' spielen kann, wie mit dir."

Ich konnte ihm da nur zustimmen. Wir verstanden uns auch ohne viele Worte, und keiner von uns hatte ein Problem damit, wenn wir anschließend um ein paar rote Zahnabdrücke oder blaue Flecken reicher waren. Besonders dann nicht, wenn die Gegenleistung animalischer, spontaner und heftiger Sex war. Harmloser, langweiliger Blümchensex war eher nicht so unser Ding – schön, dass wir uns da einig waren.

Nachdem ich wieder etwas zu Atem gekommen war und wir beide etwas getrunken hatten, lagen wir aneinander gekuschelt auf dem Sofa, und ich streichelte etwas gedankenverloren und noch immer wie in Trance mit den Fingerkuppen sanft über seine straffe Bauchdecke. Dabei kam mir in den Sinn, dass ich in meiner Spielzeugschublade noch eine kleine graue Peitsche hatte, die sich hierfür auch sehr gut eignen würde. Diese fühlte sich jedoch ganz weich an,

wenn man mit den fast hundert sehr dünnen Kunst-
stoffschnüren sanft über die Haut strich. Der Vorteil
dieses Einsteigermodells war, dass man selbst mit
größerem Schwung nur ein mittelmäßig starkes Zwirbeln oder Brennen auf der nackten Haut verursachen
konnte. Es bestand somit keine Gefahr der Überdosie-
rung. Da ich das noch nie mit Jonas ausprobiert hatte,
wusste ich auch nicht, wo seine persönliche Schmerzgrenze lag, die ich nach Möglichkeit nicht gleich beim
ersten Mal überschreiten wollte.

Andererseits konnte ich der Versuchung auch
nicht wirklich widerstehen, und so holte ich schließlich mein Lieblingsspielzeug und drehte den Stiel ganz
langsam zwischen meinen Fingern, sodass die Enden
der Schnüre nur ganz sanfte Kreise auf seine Haut
malten – ähnlich der Berührung durch eine Feder.

Jonas begann bei dieser Behandlung unruhig
hin und her zu rutschen und schien sich nicht entscheiden zu können, ob es mehr kitzelte oder ob es ihn
einfach nur anmachte. Ich musste lächeln. Das war ein
schöner Ausgleich dazu, dass er gerade alle Fäden in
der Hand gehalten hatte und ich mehr oder weniger
hilflos auf die Erlösung gewartet hatte. Ich beschloss
dieses Gefühl der Macht noch ein bisschen auszukosten.

Ich quälte ihn noch etwas länger und rutschte
langsam zu seinen Füßen hinunter, um seinen großen
Zeh ebenso sanft mit meiner Zunge zu umkreisen und
alle dort vorhandenen Nervenenden zum Schwingen
zu bringen. Dann schlossen sich meine Lippen sanft
um den ganzen Zeh, und ich begann sie auf einem
feuchten Film auf uns ab wandern zu lassen, ähnlich
wie ich dies sonst mit seinem Schwanz im Mund getan
hätte. Diese Behandlung schien ihm zu gefallen, aber
ganz so einfach wollte ich es ihm nicht machen. Meine

Minipeitsche hatte ich wohlweislich mitgenommen und zwirbelte sie jetzt nebenbei über seinen anderen Fußrücken. Jonas fing an leicht zu strampeln – mein Stichwort:

„Na, mein Kleiner, willst du mein Spielzeug noch etwas deutlicher spüren?"

„Ja unbedingt – bitte, Herrin", kam die prompte, leicht unterwürfige Antwort.

„Dann mach dich jetzt auf ein klein wenig Schmerz gefasst, mein Lieblingssklave!"

Ich bewegte die Minipeitsche langsam und immer noch sanft vom Fußrücken zur Fußsohle, um ihn noch ein wenig zappeln zu lassen. Er sollte sich ein kleines bisschen vor dem Kommenden fürchten und nicht genau wissen, wann diese kleine, süße Pein zuschlagen würde. Ich bearbeitete immer noch seinen Zeh in meinem Mund und konnte seinen Schwanz im Takt erwartungsfroh mitwippen sehen.

Also setzte ich mich seitlich von Jonas hin und wandte mich diesem hübschen, inzwischen prall gefüllten Körperteil zu. Meine Zungenspitze umkreiste nun seine Eichel. Und genau in dem Moment, als meine kleine Peitsche mit einem festeren Klatschen auf der Mitte seiner Fußsohle landete, steckte ich meine Zunge in den Spalt seines Schwanzes. Jonas schrie ein wenig – aber mehr vor Überraschung, denn vor tatsächlichem Schmerz. Genau das hatte ich beabsichtigt.

„Mehr – gib mir mehr davon, Herrin", war sein leicht gepresst klingender Kommentar zu meinem Vorstoß.

Und so landete die Peitschenquaste ein ums andere Mal auf der Unter- und der empfindlicheren Oberseite seiner Füße. Wobei ich stets darauf achtete, nicht allzu fest zuzuschlagen. Schließlich wollte ich ihn zum Abspritzen bringen und nicht nur zum Schreien. Also verstärkte ich stattdessen den Druck auf seinen Penis, indem ich ihn mit meiner Hand umschloss und den Bewegungen meiner Lippen anpasste. Und immer, wenn ich unten an der Schwanzwurzel angekommen war, erfolgte ein weiterer kleiner Schlag mit der Peitsche, solange, bis sich sein Samen in einer heftigen Entladung in meinen Rachen ergoss.

Jonas brauchte einige Minuten, bis er wieder bei sich war, aber das zufriedene Lächeln auf seinem Gesicht und der entspannte Gesichtsausdruck ließen auch so erkennen, dass er sich in der Rolle eines unterwürfigen Sklaven ganz wohl gefühlt hatte.

Gehorche Sklave

Einige Tage später hatte mein Anrufbeantworter eine Nachricht des Sklaven an seine Herrin aufgezeichnet, bei der ich unwillkürlich lächeln musste, als ich sie abhörte. Mein Sklave entschuldigte sich in aller Form dafür, dass er solange abwesend gewesen sei und beeilte sich mir zu versichern, dass dies nicht wieder vorkommen würde. Nichts desto trotz sei ihm aber klar, dass er dafür bestraft werden müsse, weshalb er untertänigst auf meinen Rückruf warten würde, um den Zeitpunkt für seine Bestrafung zu erfahren. Wie es sich für einen guten Sklaven gehörte, musste er einfach gehorsam warten, bis ich ihn erst am folgenden Tag kontaktierte und ihn um 18 Uhr in mein Stockholmer Quartier befahl.

Da dieses Rollenspiel vor einigen Tagen so gut funktioniert hatte und ich mich dabei – entgegen meiner eigenen Erwartungen – in der Rolle der Domina erstaunlicherweise recht wohl gefühlt hatte, beschloss ich das gleich noch einmal zu toppen. Also schnappte ich mir die Bohrmaschine und dübelte ein paar Ösen auf der Höhe der Matratze an die Wand hinter dem Kopfende meines Bettes. Dann besorgte ich mir im Baumarkt meines Vertrauens vier Edelstahlketten. Eine davon befestigte ich mit Hilfe von zwei Karabinerhaken an den Ösen. Mit zwei weiteren Karabinern wurden die Leder-Handmanschetten relativ weit auseinander in die Kette eingehängt, sodass die Arme recht straff seitlich nach oben gezogen wurden. Ich wurde schon feucht, wenn ich nur daran dachte, die Lederfesseln um seine Handgelenke zu legen, sie mit den Schnallen an den Lederriemen festzuzurren und ihn so bewegungslos zu machen – hilflos meinen Wünschen ausgeliefert.

Zwei der restlichen Ketten knotete ich um die Fußenden des Bettes und hakte dort die Fußfesseln ein. Ich testete einige Male, ob die Karabiner auch nicht zu weit oben saßen und damit zuviel Bewegungsfreiheit gewähren würden. Und erst nachdem ich sie noch zweimal verkürzt hatte, war ich mit dem ausgeübten Zug auf die Beine zufrieden. Nun musste ich nur noch die letzte Kette vorbereiten. Hierzu hatte ich noch ein Stachelhalsband aus schwarzem Leder besorgt, welches nicht nur mit unterschiedlich großen Edelstahlstacheln verziert war, sondern mittig auch noch einen großen Halbring besaß, der nun ebenfalls mittels Karabinerhaken an einem Ende der letzten Kette befestigt wurde. Nachdem ich noch die Nippelklammern auf dem Nachtisch bereitgelegt hatte, konnte ich mich um mein Aussehen kümmern.

Deshalb stellte ich den Inhalt meiner Dessous-Kiste auf den Kopf und suchte nach einem passenden Outfit für meine neue Rolle. Hier fand sich ein rotes Lack-Bustier mit passendem String. Dazu würden die schwarzen Overknees mit den hohen Absätzen sicher gut passen. Meine Haare band ich streng zu einem Pferdeschwanz zurück, der anschließend noch zu einem Zopf geflochten wurde. Schwarzer Eyeliner, schwarze Wimperntusche und Kohlkajal sorgten für einen strengen Blick, der im Kontrast zum knallroten Lippenstift stand. Um aber meine Absichten nicht gleich allzu offensichtlich zu machen, warf ich mir ein kurzes schwarzes, leicht ausgestelltes Kleid über. Jetzt war ich zufrieden mit mir und meinen Vorbereitungen und hatte auch nur noch ein paar Minuten übrig, bis mein Lustsklave eintraf.

Um keinen Zweifel daran aufkommen zu lassen, wer heute den Ton bei unserem Treffen angeben würde, bat ich Jonas in harschem Befehlston herein:

„Komm rein Sklave und zwar schnell. Schließ die Tür hinter dir und folge mir ins Schlafzimmer!"

„Jawohl Herrin, wie ihr wünscht"

Tapfer folgte mir Jonas und blickte mich dabei nicht an – ganz wie es sich für einen Untergebenen gehörte.

„Öffne den Reißverschluss meines Kleides und zieh es mir aus – aber langsam! Dabei darfst du mich streicheln. Aber gib dir Mühe, denn wenn ich nicht zufrieden bin mit dir, wirst du meine Peitsche zu spüren bekommen."

Jonas tat wie ihm geheißen und streifte mir ganz sanft das Kleid von den Schultern. Dabei küsste er meine Schulterblätter und seine Fingerspitzen zogen mit kleinen flüchtigen Bewegungen den Verlauf meiner Wirbelsäule nach.

„Hatte ich dir erlaubt, meinen Rücken zu küssen? Nein! Bück dich und ertrage deine Strafe wie ein Mann. Und wehe ich höre auch nur einen Laut."

Ich streichelte mit der flachen Hand sanft über seine knackigen Pobacken und befahl ihm sich noch tiefer zu bücken, um eine möglichst straff gezogene Oberfläche für meine anfangs sanfteren und im weiteren Verlauf auch durchaus heftigeren Hiebe zu erhalten. Man konnte das Klatschen auf seiner nackten Haut deutlich hören und auch sein ganz leises Stöhnen, wenn ich meine flache Hand rasch von unten nach oben über seine Rückseite zog.

„Hatte ich dir nicht befohlen, keinen Mucks von dir zu geben? Ich fürchte ich muss dir dringend beibringen, mir besser zu gehorchen. Dazu scheint aber ein bisschen mehr nötig zu sein, als meine blanke Hand."

„Herrin bitte, ich verspreche auch so zu gehorchen. Bitte bestraft mich nicht", gab Jonas zur Antwort.

Auch wenn er bereits vorher wusste, dass dies natürlich nicht in Frage kam.

Ich griff mir also meine Peitsche und ließ diese abwechselnd auf seine beiden Pobacken niedersausen, die sogleich ein paar rote Striemen zierten. Er zuckte erschrocken zusammen, als ich zur Abwechslung mit meiner Zunge an der Rückseite seiner Eier spielte. Um seine Nerven noch mehr zu reizen, fuhr ich mit etwas Druck mit meinen Fingernägeln von seinen Kniekehlen aufwärts Richtung der Innenseite seiner Oberschenkel und von dort weiter über seine Eier bis zu seiner Schwanzwurzel. Ich hörte, wie Jonas mit einem Zischen scharf die Luft einsog.

Ich angelte mir das Lederhalsband nebst Kette und band es ihm um. Ich zog den Riemen relativ fest an, sodass das Halsband eng anlag. Dabei drehte ich es so, dass der Halbring in seinem Nacken saß und ich so bequem Zug auf die daran angebrachte Kette ausüben konnte.

„Rauf mit dir aufs Bett, knie dich hin und stütz dich auf die Handflächen", befahl ich und zog Jonas mit mir. Dabei ruckte ich absichtlich einige Male heftig an der Kette.

„Halte still, bis ich dich angekettet habe."

Ich zog die Fesseln an seinen Handgelenken so fest wie möglich an und versetzte dann die Karabiner an der Kette noch etwas weiter nach außen, bis er den Zug der Ketten deutlich spüren musste. Das gleiche geschah mit den Fußfesseln. Dann setzte ich mich langsam mit weit gespreizten Beinen auf seine Hüfte und presste anschließend die Oberschenkel fest zusammen, sodass Jonas unter mir gefangen war. Ich nahm die Kette seines Halsbandes und zog sie straff, sodass Jonas gezwungen war, den Kopf in den Nacken zu nehmen. Mit der anderen Hand versetzte ich ihm immer wieder einige Klapse auf sein Hinterteil, während ich so tat, als wäre ich ein Cowgirl, das gerade auf einem mechanischen Bullen ritt.

Zwischendurch erkundige ich mich, ob mein Sklave nun genug bestraft worden sei, doch da Jonas dies sofort verneinte, war seine Schmerzgrenze wohl ganz offensichtlich noch nicht erreicht. Also griff ich mir die Nippelklammern und befestigte sie an seinen Brustwarzen. Ich ließ ihm einige Sekunden Zeit, sich an den jetzt noch leichteren Druck zu gewöhnen und drehte dann langsam den Abstandsstift heraus, sodass sich die Klemmen ganz schließen konnten. Doch auch dies ließ sich noch steigern, indem ich etwas Zug auf die Kette ausübte, mit der die beiden Klammern verbunden waren. Gleichzeitig ließ ich etwas Spucke auf meine andere Hand laufen und massierte damit seinen Schwanz mit steigendem Tempo. Ich griff hinter mich und packte kräftig in seine Pobacke, wobei sich meine Fingernägel tief hineindrückten. Nur um kurz darauf kräftige Kratzspuren auf selbiger zu hinterlassen.

Mutig geworden, griff ich in seine Nackenhaare und zog seinen Kopf kräftig in meine Richtung. Da meine andere Hand immer noch sein bestes Stück massierte, konnte ich deutlich fühlen, dass ihn diese Behandlung anmachte. Zeit, den Plan noch etwas auszubauen und selbst auch etwas zwischen die mehr als bereiten Schenkel zu bekommen.

„Rühr dich nicht, ich bin gleich zurück."

„Geh nicht weg Herrin – ich brauche dich doch hier und jetzt – bitte".

„Schweig still Sklave – du hast hier nichts zu wollen. In meiner Folterkammer gelten nur meine Regeln und ansonsten keine."

Ich holte meinen schwarzen Doppel-Vibrator und schnallte ihn mir fest um die Hüfte und die Oberschenkel. Mit der Fernbedienung brachte ich den künstlichen Schwanz in mir in angenehme Schwingungen. Da Jonas sich nicht rührte, schritt ich langsam an der Seite des Bettes entlang, sodass er einen Blick auf meine neu gestaltete untere Hälfte werfen konnte. Ich glaubte kurz so etwas wie Schreck in seinen Augen aufblitzen zu sehen, als er sah, dass aus meiner Muschi plötzlich ein harter, schwarzer Vibrator waagerecht und sicherlich auch etwas bedrohlich herausragte.

„Na – wie findest Du mein neues Outfit? Schon mal einen fremden Schwanz im Hintern gespürt oder ist deiner noch Jungfrau? Heute werde ich dich durchficken, bis ich genug von dir habe."

Jonas sagte kein Wort, sondern starrte nur auf den Vibrator, den ich langsam und gleichmäßig mit Gleitgel einrieb.

„Bitte Herrin warte. Alles – nur das nicht!"

„Schweig still und versuche lieber dich zu entspannen, sonst tut's nur unnötig weh".

Da ich mich gut an meinen ersten Arschfick und die leichte Panik im Vorfeld erinnerte, zog ich seine Pobacken mit beiden Händen auseinander und leckte zur Vorbereitung erstmal abwechselnd seine Eier, seinen Damm und seine Rosette, wodurch sich seine verkrampfte Haltung etwas entspannte. Zwischendurch prüfte ich per Handbetrieb den Zustand seines jetzt nicht mehr ganz so strammen Schwanzes, der sich jedoch durch Reibung alsbald wieder in Bestform präsentierte. Er schien sich tatsächlich etwas zu fürchten und dazu hatte er auch Grund.

Ich streifte mir einen Handschuh über meine rechte Hand und ließ reichlich Gleitgel seine Pofalte hinunterlaufen. Er zuckte kurz, da das Gel beim Auftragen recht kühl war und ihm klar war, was jetzt folgen würde. Ich entschied mich, ihn noch etwas warten zu lassen und steckte ihm zur Eingewöhnung und Vordehnung zuerst ganz langsam und vorsichtig meinen Mittelfinger in seinen Hintern – was gar nicht so einfach war, da er seinen Po fest zusammenpresste. Zur Ablenkung versetzte ich ihm mit der anderen Hand ein paar Klapse und bearbeitete seinen Schwanz. Ich knabberte an seiner Rückseite und bewegte den Finger langsam vor und zurück; zog ihn ganz heraus, aber nur, um gleich darauf wieder in sein Loch einzudringen. Allmählich gab er seinen Widerstand auf und sein Atem ging deutlich schneller.

Um ihn nicht wirklich zu verletzten, brauchte ich jedoch noch etwas mehr Freiraum. Infolgedessen fickte ich ihn jetzt mit zwei Fingern in den Arsch. Erst vorsichtig, dann aber schneller. Zu meiner Überraschung gewöhnte er sich schnell an die jetzt doppelt so große Dehnung und ich entschied, dass er jetzt bereit war, auch den Rest zu empfangen. Er würde künftig wohl vorsichtiger mit seinen Partnerinnen umgehen, wenn er sich an den heutigen Abend erinnerte. Ich legte eine Hand um meinen Plastikschwanz und konnte so die Auf- und Abwärtsbewegung an seiner Pofalte besser kontrollieren.

„Herrin ich tue alles, was ihr wollt, wenn ihr nur nicht diesen Schwanz in mich hineinsteckt", bettelte Jonas.

„Du verkennst deine Lage mein Lieber, du musst sowieso tun, was ich will oder dachtest du, du hättest tatsächlich ein Wahl?"

Um meinen Worten den nötigen Nachdruck zu verleihen, drang ich langsam nur einen oder zwei Zentimeter tief in ihn ein und betrachtete dabei fasziniert sein Hinterteil. Seinen Lautäußerungen nach konnte ich nicht wirklich feststellen, ob dies mehr Schmerz oder Lust verursachte. Wohl etwas von beidem. Also zog ich mich kurz aus ihm zurück und begann das Spiel von vorne. Jonas stöhnte laut und ich konnte sehen, dass sein Rücken inzwischen etwas feucht geworden war vom Schwitzen. Ich griff nach der Halskette und zwang seinen Kopf in den Nacken während ich mich weiter in ihm bewegte. Zeit für das Finale.

Die zweite Fernbedienung griffbereit, ließ ich meinen eigenen Bewegungen jetzt noch die zusätzliche Vibration folgen. Je erregter Jonas wurde, umso mehr steigerte ich die Geschwindigkeit meiner Stöße und die Intensität seiner und meiner Schwingungen. Seine Hüften hatte ich dazu mittlerweile fest im Griff, um nicht das Gleichgewicht zu verlieren. Es war eine sehr animalische Art von Sex, gepaart mit einem starken Machtgefühl. Ich hatte tatsächlich unterschätzt, wie sehr mich das anmachen würde. Ich musste mich stark beherrschen, um das Tempo nicht zu schnell zu steigern und ihn zu hart in den Arsch zu ficken. Dieser

Orgasmus glich einer Explosion mit allem drum und dran inklusive Sternchen-Sehen.

Als ich mich wieder etwas im Griff hatte, umfasste ich Jonas Schwanz und während ich ihn weiter von hinten fickte, rieb ich sein Prachtstück bis auch er abspritzte. Während er mir noch sein Sperma durch die Finger pumpte, stieß ich ein letztes Mal tief in ihn hinein. Dann zog ich mich langsam aus ihm zurück und Jonas ließ sich erschöpft auf den Bauch sinken. Ich stellte unser beider Vibrationen ab und legte mich seitlich neben ihn, um erstmal wieder zu Atem zu kommen.

Himmel und Hölle

Leider ergab sich in den nächsten Wochen keine Gelegenheit, Jonas wiederzusehen und ich merkte bald sehr schmerzlich, wie sehr ich ihn vermisste. Und auch wenn kein Tag verging, an dem ich nicht an ihn dachte, versuchte ich doch zumindest, mich auf meine Arbeit und nicht auf seinen Hintern oder auf dessen Vorderseite zu konzentrieren. An manchen Tagen funktionierte dies auch einigermaßen, aber an anderen reichte es schon aus, wenn ich nur durch Zufall in einen Regenschauer geriet und sehr unsanft daran erinnert wurde, wie schön dieses Gefühl gewesen war, Hand in Hand lachend mit ihm nachts durch den Regen zu laufen. Und dabei hasste ich es normalerweise nass zu werden. Jetzt wollte ich nichts lieber, als mich so begehrt und lebendig zu fühlen, wie in dieser Nacht.

Heute war zum Glück ein strahlend schöner Tag und ich war mit guter Laune und fröhlich auf dem Weg zu dem kleinen Wochenmarkt bei mir um die Ecke, den ich freitags morgens so gerne besuchte. Ich liebte dieses Gefühl. Es war immer wie ein kleiner Urlaub für mich und erinnerte mich an vor Jahren in Italien verlebte Sommertage. Dort konnte man fast an jedem Tag der Woche über einen anderen in der Nähe befindlichen Wochenmarkt unter freiem Himmel schlendern und hier und dort eine frische Kleinigkeit probieren oder auch mit nach Hause nehmen. Gut: Schuhe, Handtaschen und das ein oder andere handgefertigte Leder-Accessoire gab es in Stockholm nicht zu kaufen, sondern nur Lebensmittel, aber das trübte meine Vorfreunde auf das Einkaufserlebnis trotzdem nie.

Um das Urlaubsfeeling noch etwas zu verstärken, machte ich vorher meist noch einen kleinen Zwischenstopp bei meinem Lieblingsitaliener, der sowieso auf dem Weg lag und setzte mich auf die Terrasse in die Sonne, um den Tag mit einem Cappuccino und einem Parmaschinkenbrötchen zu beginnen. Hinter der kleinen Mauer mit dem Zaun darauf konnte man herrlich sitzen und die mehr oder weniger eilig vorbeihuschenden Nachbarn beobachten. Hier herrschte eine ganz lockere, familiäre Atmosphäre und man wurde nicht nur von den Inhabern, sondern auch von den anderen Stammgästen schon freundlich begrüßt, sodass ich mich auch ohne Begleitung hier immer sehr wohl fühlte. Gestärkt und bester Laune, machte ich mich dann auf zum Markt.

Als ich jedoch um die nächste Ecke bog, hatte sich mein Hochgefühl schlagartig in Luft aufgelöst. Hier war völlig überraschend auf einmal eine Baustelle eingerichtet worden, die sich über die ganze Länge der Straße zog. Offensichtlich wurden unter dem Gehweg neue Kabel verlegt. Ein Teil war bereits wieder zugeschüttet, aber an anderen Stellen musste ich mir meinen Weg über provisorische, hölzerne Fußgängerüberwege bahnen. Vor dem ersten blieb ich wie angewurzelt stehen und überlegte allen Ernstes, ob es eine Möglichkeit gab, nicht hinübergehen zu müssen. Meine fröhliche Stimmung und mein inneres Gleichgewicht waren augenblicklich wie weggeblasen und ich spürte diese brennende Sehnsucht nach Jonas wieder in mir aufflammen. Wie ich es hasste, wenn ein Regenschauer oder eine einfache Baustelle mich sofort völlig aus der Fassung bringen konnten. Ich versuchte mir immer einzureden, dass ich Jonas nicht vermisste und meine Gefühle inklusive meiner Hormone unter Kontrolle hätte, aber an Tagen wie diesen war es genau umgekehrt. Eine Welle von Gefühlen, Sehnsucht und Hormonen schlug einfach über mir zusammen und ich konnte mich nicht dagegen wehren. Wir waren an besagtem Abend nicht nur schön nass geworden, sondern eben über solche Fußgängerbrücken spaziert, wobei wir alle paar Meter auf jeder einzelnen angehalten hatten, um hemmungslos zu knutschen.

Bei dem Gedanken daran, begann sich sofort ein Prickeln in meinem Magen bemerkbar zu machen und ich wollte genau dieses Gefühl von damals wieder haben – so unbedingt, dass ich versucht war, sofort zu meinem Handy zu greifen, um Jonas anzurufen. Ich sehnte mich so danach in seinen starken Armen zu liegen, seine Begierde und seine heißen Küsse auf meinen Lippen und in meinem Nacken zu spüren. Er hatte eine ganz besondere, extreme Art des Küssens, die hart und fast schon verletzend war. Nie zuvor hatte mich jemand so geküsst. Und auch wenn es wehtat und man eigentlich nur darauf wartete, das Blut der eigenen Lippen zu schmecken, fühlte es sich doch so geil an, dass ich das Gefühl fast nicht beschreiben konnte. So lebendig, so heiß, so sexy und so begehrenswert hatte ich mich nie zuvor gefühlt. Ich bekam eine Gänsehaut bei dem Gedanken, an ihn gepresst zu sein und seine Hände auf meinem Körper zu spüren – ganz hemmungslos und ohne jede Rücksicht darauf, mitten auf der Straße den anderen Passanten einen sicherlich etwas ungewohnten Anblick zu bieten.

Ich gestand es mir nur äußerst ungern ein, aber ich wollte diese brennend heißen Küsse überall auf meiner nackten Haut spüren. Ich wollte ihn hier und jetzt berühren, streicheln, küssen, kratzen, beißen, ficken. Ich wollte nichts anderes, als diese pure, heiß brennende Leidenschaft wieder zu fühlen. Ich merkte, wie ich mich für mein plötzlich aufkeimendes Verlangen vor mir selber schämte und mir die Farbe in die Wangen stieg. So als könnten die anderen Menschen um mich herum sehen, was ich gerade dachte.

Wie konnte mich jemand nur so hart und sinnlich küssen und sich dann einfach nicht mehr melden. Diese Intensität der Gefühle konnte nicht gespielt gewesen sein, ich wusste, er wollte mich genauso unbedingt wie ich ihn. Aber offensichtlich schien es ihm weniger auszumachen, darauf wieder zu verzichten, wie mir. Mir ging der Gedanke an einen sexsüchtigen Junkie durch den Kopf und ich fragte mich, ob man nach dieser Art von Sex süchtig werden konnte, ähnlich wie nach dem nächsten Schuss.

Und die Antwort auf diese Frage gefiel mir gar nicht: man konnte. Ich war es ganz offensichtlich und es fiel mir schwer, mir dies einzugestehen. Niemand zuvor hatte mich jemals so intensiv geküsst, und ich hatte Tränen in den Augen, als ich daran dachte.

Mein ganzer Körper war in Aufruhr und ich spürte dieses wohlbekannte Kribbeln an meinen Brüsten und zwischen meinen Beinen. Jede Faser meines Körpers schrie förmlich nach Jonas und danach, von ihm berührt zu werden. Und hier stand ich nun, an einem schönen Sommermorgen mitten auf der Straße und konnte an nichts anderes denken, als daran, in seinen Armen zu liegen, ihn zu küssen und mit ihm zu schlafen.

Ich kam mir sehr hilflos, verletzlich und völlig idiotisch vor. Schließlich war ich kein Teenager mehr und trotzdem war meine Gefühlslage die eines unreifen Kindes in dem Körper einer sinnlichen Frau, die gerade mal wieder völlig unerwartet die Kontrolle verloren hatte. Man darf niemanden so küssen, nur um ihn dann wochen- und monatelang mit der Erinnerung daran zu quälen. Es tat tatsächlich körperlich weh, daran erinnert zu werden. Mein Magen verkrampfte sich und die feinen Härchen auf meiner Haut stellten sich genauso auf wie meine Nippel, die unsanft an meinem BH rieben. Ich wünschte mir so sehr, dass Jonas jetzt diese Titten drücken und daran saugen würde. Es war eine bittersüße Qual für mich, weiterzugehen und bei jeder weiteren Fußgängerbrücke an diese teilweise auch etwas schmerzhafte Art von Sex erinnert zu werden, den ich mit Jonas gehabt hatte. Was wiederum nur meine Theorie bestärkte, dass es entscheidend darauf ankam, welche Vergleichsmöglichkeiten man persönlich hatte, um sagen zu können, was man mochte oder auch nicht.

Im Moment wünschte ich mir, ich hätte Jonas nie geküsst, dann wüsste ich jetzt auch nicht, was ich so sehr vermissen konnte. Aber ich fürchte, auch wenn ich geahnt hätte, was ich mir mit diesem ersten Kuss antun würde, hätte ich trotzdem nicht wirklich darauf verzichten wollen oder können. Ich konnte mir beim besten Willen nicht vorstellen, dass es mich jemals wieder anmachen würde, von jemand anderem ganz sanft und zärtlich geküsst zu werden. Was, wenn Jonas schon genug von mir hatte? Welcher andere Mann sollte das noch toppen und dieses Verlangen stillen können? Ganz ehrlich – ich wusste es nicht und ich konnte mir auch nicht vorstellen, dass dabei überhaupt eine Steigerung möglich war.

Wie ich mit dieser Situation umgehen sollte, war mir aber leider auch nicht klar. Schließlich konnte ich ihm das schlecht sagen. Er würde sich nicht zu Unrecht unter Druck gesetzt fühlen. War das diese sexuelle Abhängigkeit, von der ich schon hin und wieder gelesen hatte, die ich mir aber nie wirklich hatte vorstellen können? Ich war allen Ernstes davon ausgegangen, dass ich den Sex mit Jonas alleine ganz einfach und ohne großes Risiko ausprobieren konnte. Ich war überzeugt gewesen, alles im Griff zu haben und hatte geglaubt, es bestünde keinerlei Gefahr für mich oder meinen Seelenfrieden. Welch ein unglaublicher und böser Irrtum. Ich dachte, ich würde immer noch zu sehr an Ben hängen, als dass irgendeine Gefahr für mein Herz bestünde. Ich wollte einfach in Ruhe abwarten, ob sich aus der Sache mit Jonas vielleicht mehr entwickeln würde als nur Sex. Wo war meine Ruhe jetzt? Ich konnte sie nicht wiederfinden, so sehr ich mich auch darum bemühte.

Zu meiner Verteidigung muss ich jedoch sagen, dass ich nicht einmal im Ansatz geahnt hatte, wie leidenschaftlich Jonas tatsächlich war. Vor unserem ersten Sex – ohne Ben – nahm ich Jonas nur als eher zurückhaltend wahr und mir war nicht im Ansatz bewusst gewesen, welcher Vulkan tatsächlich in ihm schlummerte. Doch nach diesen ersten beiden Ausbrüchen fühlte ich mich magisch davon angezogen. Ohne jeglichen Sinn für die Gefahr, die sich dahinter verbarg. Oder vielleicht suchte ich diese ja geradezu. Es erschien mir völlig nebensächlich, ob ich mir dabei nur die Finger verbrannte oder ganz und gar von diesen Flammen verzehrt wurde.

In diesen Momenten würde ich durch jede nur erdenkliche Hölle gehen, wenn ich anschließend als Belohnung Jonas heiße Lippen und Hände auf mir spüren könnte. Ich schlug die Hände vor das Gesicht und schüttelte mich, so als könnte ich damit auch die Sex-Tagträume abschütteln, aber leider funktionierte das nicht einmal ansatzweise. Ich war mir sicher, Ben geliebt zu haben, aber dieses brennende, alles verschlingende Verlangen, welches Jonas mir geben konnte, hatte Ben nie bei mir hervorgerufen und auch kein anderer Mann vor ihm. Ich konnte keinen klaren Gedanken fassen, sondern nur daran denken, wie schön und gleichzeitig schmerzhaft es war, mit Jonas zu schlafen. Ich hatte mich nie zuvor so begehrenswert, so sexy, so lebendig und gleichzeitig so wehrlos gefühlt. Und obwohl ich auch früher durchaus Spaß am Sex gehabt hatte, war doch nichts mit Jonas vergleichbar.

Ich ging wie in Trance über den Markt und wusste nicht wirklich, was ich hatte einkaufen wollen. Meine Gedanken drehten sich auch während des Einkaufens nur darum, was Jonas wohl gerne essen würde und womit ich ihn zu einem Date mit Abendessen und anschließendem Sex überreden könnte. Was sollte ich sagen, wenn ich ihn wirklich anrufen würde? Was anziehen; was ihn anmachen würde? Was könnte ihn dazu bringen, mir sofort die Klamotten vom Leib zu reißen, mich so unvergleichlich zu küssen, wie nur er das konnte, und das Essen einfach auf später zu verschieben?

Es kostete mich mein letztes bisschen noch verbliebenen Stolzes und all meine Selbstbeherrschung, ihn nicht einfach auf der Stelle anzurufen. Aber ganz ehrlich, ich habe das auch nur deshalb geschafft, weil ich Angst hatte, wie er reagieren würde. Ich versuchte mich irgendwie zu beruhigen und steckte mein Handy nun schon zum dritten Mal wieder in meine Handtasche. Denn jedes Mal, wenn ich einen meiner Einkäufe bezahlte und das Portemonnaie aus der Tasche nahm, fiel mein Blick automatisch auf mein Telefon und ich holte es ebenfalls heraus. Trotzdem steckte ich es immer wieder ein und verschob die Entscheidung auf später.

Schließlich konnte ich auch heute Abend einfach bei ihm vorbeigehen und an seiner Türe klingeln. Vielleicht nur mit Dessous unter dem Mantel? Was würde passieren, wenn ich das täte? Wäre er überhaupt zuhause? Wenn ja, würde er mir aufmachen und fände es scharf, wenn ich den Mantel fallen ließe? Oder würde ich mich nur lächerlich machen und am liebsten in einem Loch im Erdboden verschwinden?

Apropos Loch – meines gab einfach keine Ruhe. Und auch, als ich zuhause die Einkäufe einfach auf dem Küchentresen abstellte und mich sofort auszog, um mich mit meinem Lieblingsvibrator zu amüsieren, hatte ich heute Mühe, damit überhaupt zu kommen. Es war eher ein Kampf. Ich drehte mich auf den Bauch und so sehr ich meinen Körper auch gegen die Matratze presste, konnte dies doch die so erregende Gegenwart von Jonas nicht ersetzen. Schon etwas leicht verzweifelt, holte ich meine Nippelklammern aus der Schublade und drehte die Abstandsstifte ganz heraus, sodass meine Brustwarzen schmerzhaft zusammengedrückt wurden und ich mir zumindest vormachen konnte, dass dies Jonas Zähne waren, die mir diesen luststeigernden Schmerz zufügten. Ich schloss die Augen und versuchte mir vorzustellen, er würde mich jetzt küssen, mich in den Nacken beißen, meine Nippel zwirbeln, mir den Hintern versohlen und schließlich endlich in mich eindringen.

Aber irgendwie fühlte sich alles, was ich mir selber Gutes tun konnte, heute nur nach einem fahlen Abklatsch dessen an, was ich mir so sehnlichst wünschte. Irgendwann erfüllten die Batterien, die höchste Vibrationsstufe, der feste Druck und der Plastikschwanz dann zwar doch noch ihren Zweck, aber es schien nur ein mechanischer Abbau der Hormonspitze zu sein. Wirklich befriedigen konnte ich meine (Sehn-)Sucht heute alleine nicht. Es fühlte sich irgendwie falsch und vor allem leer an.

Ich machte mich schon fast verzweifelt daran, meine Wohnung aufzuräumen. Aber ich war immer noch erregt und konnte an nichts anderes denken, als an diese schon fast brutale Art seiner Küsse. Ich überlegte mir allen Ernstes, wann er heute wohl Feierabend machen würde und wie lange ich noch warten musste, um endlich losgehen zu können, um „einfach mal auf einen Kaffee bei ihm vorbeizuschauen". Eine bessere Ausrede fiel mir nicht ein, so sehr ich auch überlegte. Objektiv betrachtet gab es keinen Grund, ganz überraschend bei ihm aufzutauchen und trotzdem ging es einfach nicht anders.

Ich war so aufgeregt, wie vor dem Abschlussball und verbrühte mich fast an der Dusche, schnitt mich beim Rasieren und konnte mich einfach nicht entscheiden, was ich anziehen sollte bzw. welches Parfüm wohl heute das Richtige war. Schließlich wollte ich unbedingt unwiderstehlich auf Jonas wirken, sodass er einfach keine Wahl hatte, als mich sofort gegen die Wand zu drängen und mich noch im Laufe des ersten harten Kusses aufs Bett zu zerren und mit mir zu schlafen.

Es machte mich völlig kirre, so sexsüchtig zu sein und vor allem, diesen Eindruck zu erwecken. Leider hatte ich die äußerst unpraktische Angewohnheit, dass man mir meinen Gemütszustand meist sofort am Gesicht ablesen konnte. Und heute war ich mir sicher, konnte man meine Gier nach Befriedigung sicherlich schon von weitem in meinen Augen sehen. Ich wollte nie so stark von jemandem abhängig sein und doch war ich es schon nach zwei Dates. Wie war das möglich? War das noch normal? Nein, dass konnte nicht normal sein! War das heilbar? Mir wurde übel.

Würde er zumindest unbewusst wahrnehmen, dass ich heute Pheromone im Überfluss produzierte? Ich cremte meinen ganzen nackten Körper mit meiner Lieblingsbodylotion ein, die ebenfalls einen zarten Duft verströmte, und hoffte, so würde der Rest nicht sofort auffallen. Ich wollte überall gut duften und meine Haut sollte sich so zart wie möglich anfühlen, wenn Jonas das Tier tief in ihm endlich einmal wieder freilassen würde. Ich wollte ihn so ohne viele Worte dazu bringen, dass zumindest sein Körper mich genauso vermissen würde und genauso begehren sollte, wie ich ihn.

Ich lackierte mir die Nägel und dabei kam mir wieder in den Sinn, dass Jonas besonders darauf stand, meine Möpse kräftig zu kneten und seine Finger tief darin zu vergraben. Was mich auf die Idee brachte, ein paar Bilder nur von meinen Titten zu machen, bei dem sich meine langen Fingernägel tief in diese hineinbohrten. Genauso wie er dies sonst getan hatte. Ich war ernsthaft versucht, ihm eines dieser Bilder als kleine Gedächtnisstütze kurzerhand kommentarlos an seine private E-Mail-Adresse zu schicken. Vielleicht würde er dann ja auf die Idee kommen, sich bei mir zu melden oder am besten gleich hier vorbeizukommen. Das würde mir zumindest diesen Gang nach Canossa ersparen. Ich suchte also das beste Foto aus und schickte es dann doch nicht ab.

Stattdessen suchte ich die schwarze Unterbrust-Korsage und den dazu passenden String heraus und entschloss mich schließlich doch dazu, noch ein Kleid darüber zu ziehen, um meine wahren Beweggründe für den Besuch nicht gleich allzu offensichtlich werden zu lassen. Trotz all der Vorbereitung und der Allgegenwart meiner Sexphantasien war ich immer noch unschlüssig, ob ich einfach so bei ihm klingeln konnte. Würde ich mich tatsächlich trauen, hinzufahren?

Wenn auch viel später, wie eigentlich geplant, fuhr ich schließlich wirklich los und kam sogar unfallfrei vor seinem Haus an – was ich im Nachhinein gesehen für puren Zufall bzw. reines Glück halte. Gott sei Dank gab es da draußen nicht allzu viele Irre wie mich, sonst wäre dies vermutlich nicht so gut ausgegangen. Ich musste nicht einmal lange nach einem Parkplatz suchen, sondern bekam einen direkt gegenüber der Eingangstür zu seinem Wohnblock. Meine Hände zitterten, als ich den Motor abstellte und ich versuchte ein paar Mal tief durchzuatmen. Aber die Aufregung legte sich nicht. Mein Kardiologe hätte jetzt vermutlich auch einen Herzanfall, wenn er meinen Blutdruck gesehen hätte. Meine Knie waren so weich, dass ich nicht aussteigen konnte, also blieb ich einfach eine Weile sitzen und schloss die Augen. War ich das hier? Ich war mir selber peinlich. Im Stillen wünschte ich mir, er würde zufällig gerade zur Haustüre herauskommen oder zum Fenster herausschauen und mich sehen. Nur um dann freudestrahlend auf mich zuzukommen und mir so meine Angst und vor allem die Entscheidung abzunehmen – was natürlich nur im Rosamunde-Pilcher-Roman passiert, aber nie im echten Leben.

Ich weiß nicht genau, wie lange ich schließlich gebraucht hatte, um mich endlich zusammenzureißen und die Autotür zu öffnen. Es kam kein anderes Auto vorbei, das mich am Überqueren der Straße gehindert hätte und so stand ich nach einer gefühlten Ewigkeit vor Jonas Haustür. Ich suchte unter den zehn Mietparteien seinen Nachnamen und starrte auf den Klingelknopf, so als hätte dieser die Antwort auf meine Frage, ob ich willkommen war oder nicht. Ich hatte das Gefühl, noch völlig durchzudrehen und sagte mir, dass ich den ganzen Aufriss heute Nachmittag hätte bleiben lassen können, wenn ich jetzt kneifen würde und einfach wieder zu meinem Wagen ginge. Andererseits konnte ich mich dann auch nicht völlig blamieren. Wieso war ich eigentlich so nervös? Normalerweise passiert dies nur, wenn man noch nicht miteinander geschlafen hatte. Aber das konnte man von Jonas und mir nun wirklich nicht behaupten. Objektiv betrachtet gab es keinen Grund, warum er mit mir oder meinem Besuch ein Problem hätte haben können. Ich war mir sicher, dass er mindestens genauso viel Spaß an unseren bisherigen Treffen gehabt hatte, wie ich selbst. Das war nicht nur eine meiner Wunschvorstellungen. Dafür hatte er bzw. sein Körper viel zu heftig auf mich reagiert.

Mir war schon klar, dass ich mir diese imaginäre Schranke, die mich daran hinderte, den entscheidenden Schritt zu tun und endlich auf die Klingel zu drücken, nur einbildete. Aber trotzdem war sie da. Ich war zwar tierisch geil, aber trotzdem oder vielleicht gerade deshalb heute nicht selbstbewusst genug, diesen letzten entscheidenden Schritt zu tun.

Also machte ich – nachdem ich nun schon so weit gegangen war – auf dem Absatz kehrt und rannte, so schnell dies auf meinen hohen Schuhen möglich war, zurück zu meinem Auto, welches mir irgendwie Sicherheit versprach. Ich kann nicht sagen, wie lange ich im Auto gewartet oder vor seiner Türe gestanden hatte, aber es musste lange gewesen sein, denn als ich einen letzten Blick nach oben warf, sah ich in seinem Wohnzimmer Licht brennen. Er war also da. Ganz nah und doch irgendwie unerreichbar fern. Immer noch zitternd, stieg ich ein und fuhr ziellos durch Stockholm. Ich begann vor Wut auf mich selbst und vor Enttäuschung sinnlos zu heulen. Was mich schließlich dazu zwang, meine Mitmenschen nicht noch mehr zu gefährden und nach Hause zu fahren.

Ich schloss meine eigene Haustür auf und nachdem sie sich hinter mir geschlossen hatte, sank ich noch dagegen gelehnt langsam in die Knie und begann den Tränen freien Lauf zu lassen. Was für ein Irrsinn! Wenn ich so weitermachte, konnte ich mich bald in die Klapsmühle einliefern lassen. Ich begann nach den Kippen zu suchen, die ich vorsorglich für

Jonas nächsten Besuch besorgt hatte und obwohl ich eigentlich schon seit Jahren nicht mehr rauchte, trösteten sie mich ein wenig. Wenigstens rauchte er Gauloises Blondes mit Filter, sodass der unvermeidliche Husten nicht ganz so schlimm war. Mal ganz davon abgesehen, dass es völlig idiotisch war, sich jemandem näher zu fühlen, nur weil man dessen Zigarettenmarke rauchte. Im Gegenteil, mir wurde nur noch schlechter, als mir ohnehin schon war.

Eigentlich wollte ich meine beste Freundin Angie anrufen, vielleicht würde es mir dann besser gehen. Aber auch, wenn sie schon so manchen Männerfrust mit mir geteilt hatte und ich ansonsten eigentlich immer über alles ganz offen mit ihr quatschen konnte, war ich mir da heute nicht so sicher. Vermutlich würde sie sich dann doch veranlasst sehen, die Herren mit den weißen Turnschuhen und der Zwangsjacke zu bestellen. Vor allem, da ich selber nicht verstand, wie diese eigentlich lockere, leichte Affäre so aus dem Ruder geraten konnte und das ganz alleine durch meine eigene Schuld. Wie sollte ich das erst jemand anderem erklären?

Andererseits zerriss mich dieses ganze Gefühlchaos innerlich und ich hatte den Eindruck, dass ich ohne fremde Hilfe hier irgendwie nicht mehr heil herausfinden würde. So etwas war mir noch nie passiert und im Moment hätte ich liebend gerne auf alles verzichtet, was irgendwie mit Jonas zusammenhing. Andererseits konnte ich nicht aufhören an ihn und seine Art von Sex zu denken. Ich hatte das Gefühl, ich würde gleich platzen vor lauter unerfüllter Lust und musste mich irgendwie abreagieren. Also lief ich in der Wohnung hin und her wie ein Tiger in seinem viel zu kleinen Käfig. Ich hätte kotzen können bei dem Gedanken, mir zur Ablenkung nicht einmal von jemand anderem das Hirn rausvögeln lassen zu können,

122

da es diesen jemand zum einen nicht gab und andererseits hatte dies bisher nur Jonas überhaupt geschafft. Wenn er bei mir war, spielte alles andere keine Rolle. Ich bestand nur aus Lust und konnte mich gehen lassen. Da war kein Platz für einen anderen, vernünftigen Gedanken – wozu auch. Wer oder was sollte danach noch kommen? Es war wie mit seinem Traumwagen eine Probefahrt gemacht zu haben und dann wieder zu Fuß nach Hause zu gehen – in dem Wissen, dass man schon einen Sechser im Lotto bräuchte, um ihn sich tatsächlich jemals leisten zu können – was bekanntermaßen recht unwahrscheinlich ist.

Wo war nur meine Courage, mein Selbstvertrauen, mein Optimismus und meine Lässigkeit geblieben? So sehr ich auch suchte, ich fand sie nicht wieder. Und obwohl ich noch zwei Wochen und eine ganze Familienpackung Schmerzsalbe später die blauen Flecken an meinem Hals, meinem Schlüsselbein und auf meinen Titten behandelt hatte, wünschte ich mir diesen Zustand so schnell wie möglich wieder. Vielleicht ein ganz klein weniger heftig, aber ansonsten schien dies genau die Behandlung zu sein, die mein Körper verlangte. Ich wurde gerne bei jedem Schritt oder jeder Treppenstufe an den unglaublichen Sex der vergangenen Nacht erinnert. Eine Erfahrung, die ich mir zuvor nicht hatte träumen lassen. Selbst Tage später spürte ich noch schmerzende Muskeln, die mich jedoch angenehm an Jonas erinnerten. Andererseits war ich mir nicht sicher, ob es auf die Dauer überhaupt gesund war, mich dauerhaft auf Jonas einzulassen. Wer weiß schon, was noch so in ihm schlummerte und wenn bereits die ersten Treffen zu zweit so bleibende, schmerzhafte Spuren hinterlassen hatten, was erwartete mich dann da sonst noch so an Überraschungen, mit denen ich nie im Leben gerechnet hatte? Vielleicht sollte ich froh sein, dass ich nun schon eine ganze Weile nichts von ihm gehört hatte.

Eigenartigerweise konnte ich nicht einmal sagen, ob es mir mehr Spaß machte, selbst die Zügel in die Hand zu nehmen und die Dienste eines Lustsklaven in Anspruch zu nehmen oder ob ich lieber die devote Rolle bei unserem Sex bevorzugte. Nie wissend, was auf mich zukam bzw. ob dies meine Grenzen überschreiten würde oder nicht. Denn ich wusste nicht mehr, wo diese eigentlich lagen. Wobei ich als Herrin immer ein wenig Angst hatte, Jonas doch etwas mehr Schmerz zuzufügen, als er als angenehm empfand. Ich fand es recht schwierig, aber gleichzeitig auch unheimlich spannend und erregend, seine persönliche Schmerzgrenze zu finden, ohne sie zu überschreiten. Nur wirklich wehtun wollte ich ihm auf keinen Fall. Das lag mir nicht, soviel war sicher. Wenn das auch das Einzige war, was ich im Moment mit Sicherheit sagen konnte.

Ich ertappte mich dabei, bei jedem silbernen Auto, das vorbeifuhr, zweimal hinzusehen, ob ich nicht doch zufällig sein Gesicht hinter der Scheibe vorfinden würde. Genauso wie mein Blick immer als allererstes auf die Basisstation meines Festnetztelefons fiel, wenn ich nach Hause kam, in der Hoffnung ein rotes Blinken für einen verpassten Anruf vorzufinden. Umso größer war der Frust dann, wenn es tatsächlich Anrufe in Abwesenheit gab, die aber nie von dem richtigen Herrn waren. Ich wusste, ich musste schleunigst damit aufhören, mich nur unnötig weiter selbst zu quälen und doch konnte ich dieses Herzklopfen beim Anblick des blinkenden Anrufbeantworters nicht verhindern und auch nicht die automatische Suche nach genau diesem einen Gesicht, sobald ich abends unterwegs war.

Mein Herz setzte jedes Mal kurz aus, wenn ich jemanden in der Menge ausmachte, der die gleiche Größe, Haarfarbe und Statur wie Jonas hatte, nur um dann festzustellen, dass er es doch nicht war. Ich hoffte inständig, dass sich mein Zustand bald wieder normalisieren würde, aber die Wochen vergingen und es wurde eher schlimmer anstatt besser. Falls ich insgeheim gehofft hatte, mit Jonas Hilfe schneller über die Trennung von Ben hinwegzukommen, so hatte sich dies als Super-GAU erwiesen. Statt eines gelösten Problems, hatte ich nun zwei, und mein Leben war noch komplizierter und unglücklicher als vorher.

Irgendwie schien ich mir immer die falschen Männer auszusuchen. Und wenn ich mich früher damit getröstet hatte, dass dies im jugendlichen Alter ganz normal war, so begann diese Ausrede allmählich nicht mehr ganz so glaubhaft zu wirken. Und auch die Hoffnung, mit dem Alter endlich klüger zu werden und genau diesen Fehler nicht immer und immer wieder zu machen, hatte sich bisher als Trugschluss herausgestellt.

Swinger-Club-Test

Da sich die Erinnerung an diese harte Art von Sex und Begierde einfach nicht verdrängen ließ, machte ich Tage später eine kleine Recherche im Internet nach Swinger-Clubs in und um Stockholm, um meine Gedanken von Jonas abzulenken. Vielleicht würde es ja helfen, wenn ich meinen hübsch verpackten Körper von einem oder mehreren Unbekannten hart bearbeiten ließe. Nur um zu sehen, ob ich dann endlich mal wieder befriedigt wäre und vielleicht sogar Jonas vergessen konnte. Objektiv betrachtet, musste es schließlich noch mehr Männer geben, die genau das Gegenteil von lieb und nett waren und vielleicht brauchte ich auch einfach nur diese eher unsanfte Art der Behandlung und nicht unbedingt Jonas. Zumindest hoffte ich das.

Aber zuerst brauchte ich das richtige Outfit für meinen Plan. Ich rief Angie an und verabredete mich zu einem Shopping-Bummel durch unsere Lieblingsboutiquen. Nach zwei Cappuccinos und etliche Schuhe später waren wir endlich bei dem Dessousgeschäft angekommen, welches Angie mir empfohlen hatte. Und tatsächlich fand ich eine Korsage in wunderschönem Kirschrot, die vorne mit jeder Menge kleiner Haken zu schließen war und im Rücken geschnürt wurde. Die Stäbchen und die ausgearbeiteten Körbchen, die mit schwarzer Spitze verziert waren, passten wie angegossen und betonten meine Brüste. Dazu gab es einen passenden, wirklich sehr kleinen Stringtanga, der eigentlich nur aus einem ebenfalls mit Spitze verzierten Dreieck bestand, und ein entsprechendes rotes Halsband mit einer kleinen Schleife daran. Schwarze halterlose Nahtstrümpfe und ein recht durchsichtiger, kurzer, schwarzer, mit Volants verzierter Unterrock vervollständigten das Outfit.

Ganz billig war der ganze Spaß nicht, aber schließlich wollte ich ja einen umwerfenden Eindruck hinterlassen und dafür konnte man schon einmal etwas tiefer in die Tasche greifen.

Angie war wirklich ein Schatz. Sie hatte sich extra den Nachmittag freigenommen, um sich zuerst von der Verkäuferin in der richtigen Schnürtechnik für das Mieder unterweisen zu lassen und mir anschließend beim Anziehen und dem Flechten meiner Zöpfe zu helfen. Wir machten eine Flasche Sekt auf und hatten viel Spaß, bis ich endlich richtig verschnürt, frisiert und mit der entsprechenden Kriegsbemalung versehen, ausgehfertig war. Auch wenn ich jetzt nur noch flach atmen konnte, aber dafür war meine Taille auch hübsch schmal. So ausstaffiert brachte Angie mich zu der Adresse des Swingerclubs, aber nicht ohne mir vor dem Aussteigen noch das Versprechen abzunehmen, ihr später alles Erlebte haarklein zu berichten.

Ich war froh, dass ich mich schon zuhause umgezogen hatte und so nur noch meinen Trenchcoat an der Garderobe abgeben musste. Ich hinterlegte also nur den Pfandbetrag für einen kleinen Spint im Umkleidebereich, wo ich meine Handtasche einschließen konnte und machte mich auf den Weg an die für einen Dienstag erstaunlich gut gefüllte Bar. Obwohl mein Outfit recht sexy war, waren die meisten der Besucher doch viel offenherziger als ich gekleidet und sehr zu meiner Freude, war auch viel Lack und Leder zu finden, was auf entsprechende Vorlieben der Träger schließen ließ. Ich hoffte inständig, dass ich mit meiner relativ züchtigen Korsage, die den Großteil meiner Brüste bedeckte, und der schulmädchenhaften Zopf-Frisur, die richtigen – eher devoten – Signale aussendete.

Eine der Bardamen nahm sich meiner an und nachdem wir kurz geklärt hatten, dass ich hier neu war, rief sie nach einem ihrer Kollegen, der mich durchs Haus führen und mich mit den verschiedenen Örtlichkeiten vertraut machen sollte. Sven war groß, durchtrainiert und hatte dunkles, leicht gelocktes Haar, das ihm immer wieder vorwitzig in die Stirn fiel, auch wenn es großteils zu einem für einen Mann recht langen Pferdeschwanz zusammengebunden war. Während wir umherwanderten, begann Sven eine angeregte Unterhaltung mit mir, bei der er mich auch beiläufig fragte, was genau ich eigentlich suchen würde. Sven war ein sehr angenehmer Gesellschafter und so war es mir erstaunlicherweise auch nicht peinlich, darauf ganz ehrlich zu antworten.

Wir waren gerade bei einem riesigen Raum angekommen, dessen Boden komplett mit Matratzen und sehr vielen unterschiedlichen Kissen darauf ausgelegt war. Es herrschte ein rotes, warmes, diffuses Licht vor. Bei genauerem Hinsehen hatten hier ganz offensichtlich alle sehr viel Spaß am Partnertausch und Gruppensex. Es waren sowohl gleichgeschlechtliche als auch gemischte Paare zu beobachten und Gruppen von drei bis fünf Personen, die sich gegenseitig oral und anal verwöhnten, wobei einige von außen betrachtet recht lustige Verrenkungen zu sehen waren, bei denen ich auf Anhieb Schwierigkeiten hatte, zu erkennen, wo die eine Person aufhörte und die anderen begannen. Auch der Geräuschpegel in diesem Raum war nicht von schlechten Eltern und ich hatte Mühe Svens Erklärungen bei all dem Gestöhne überhaupt zu verstehen. Und obwohl mich diese vor Sex triefende Stimmung sofort in ihren Bann zog und das wohlbekannte Kribbeln in meinem Bauch erzeugte, fand ich doch, dass dies für meinen ersten Versuch etwas Zuviel des Guten war. Es erschien mir schwierig bis unmöglich, sich bei so vielen Personen auf einen oder mehrere davon zu konzentrieren und sich nicht von dem Gevögel um einen herum und der dementsprechenden Geräuschkulisse ablenken beziehungsweise völlig aus dem Konzept bringen zu lassen.

Also legte Sven eine Hand auf meine fast nicht verhüllten Pobacken und dirigierte mich mit sanftem Druck weiter durch die Zimmerfluchten. Ich fragte ihn, ob es hier auch kleinere Rückzugsmöglichkeiten mit etwas mehr Privatsphäre gäbe.

Sven entgegnete: „Lass uns doch bei der Personenzahl und der Spielart beginnen, die du dir wünschst."

„Ich würde gerne einen Dreier versuchen – natürlich in der weiblichen Variante mit mir und zwei Männern. Dabei wäre ich gerne der devote Part, der von beiden gleichzeitig genommen wird. Wenn es dabei noch etwas härter zugeht, würde das meinen Vorlieben sehr entgegenkommen."

Sven fragte noch einmal genauer nach: „Du möchtest also gefesselt werden und vielleicht auch ein bisschen den Hintern versohlt bekommen?"

Ich antwortete nur: „Ja bitte."

„Dann gehe ich recht in der Annahme, dass dein Hintern nicht nur rot werden soll, sondern Du anschließend auch einen Schwanz in selbigem haben willst?"

„Gut kombiniert, Sven – ich sehe du kennst dich mit weiblichen Phantasien aus."

Sven stoppte vor einer geschlossenen, schwarzen, dick gepolsterten Tür, die mit großen messingfarbenen Knöpfen rautenförmig verziert war.

Er blickte mir geradeaus in die Augen und fragte mich in eher leisem Ton: „Hättest du Lust, einen der beiden Männer mit mir zu besetzen? Ich würde es mir nie verzeihen, wenn ich diese Gelegenheit mit so einem heißen Gerät wie dir einfach hätte entgehen lassen."

Ich überlegte kurz, da ich auf diese Frage nicht gefasst gewesen war und entschied mich dann aber spontan dazu, dass mir diese Variante überaus gut gefiel und bejahte die Frage schließlich mit einem Lächeln. Und irgendwie fühlte ich mich auch etwas geehrt, da ich mir sicher war, dass dies nicht unbedingt zu den üblichen Gepflogenheiten dieses Etablissements zählte.

Ganz Gentlemen besorgte Sven auch noch den zweiten Mann für unser Spiel aus einem der Nachbarzimmer. Er war nicht besonders groß, blond und recht schlank, aber dafür mit einem großen Schwanz bestückt, der mich anfangs etwas erschreckte und dies, obwohl er noch von einem Slip bedeckt war. Trotzdem wirkten seine Ausmaße auch unter dem Stoff schon enorm. Mit Schreck fiel mir meine Aussage von vorhin ein, bei der ich ja ausdrücklich bestätigt hatte, dass ich auch in den Arsch gefickt werden wollte. Ich bemerkte, wie ich ein wenig zu schwitzen begann, obwohl es hier nicht wirklich warm war.

Ich hatte jedoch nicht wirklich viel Gelegenheit dazu, meine Befürchtungen eingehender zu betrachten, da Sven sofort die Regie übernahm und uns kurz einwies. Sven war der Herr und Meister unseres Spiels und der fremde Mann und ich seine Sklaven. Er wollte seine beiden teuren Neuerwerbungen erst einmal auf Herz und Nieren testen und anschließend entscheiden, ob sie seinen Wünschen entsprachen oder ob er uns weiterverkaufen wollte.

„Wir werden sehen, ob es sich gelohnt hat, euch zu kaufen. Tut bedingungslos und ohne nachzufragen, was ich euch befehle und ihr habt ein relativ angenehmes, wenn auch unfreies Leben in meinem Haus. Anderenfalls werdet ihr es bitter bereuen, dass verspreche ich euch schon jetzt!"

Der strenge und harte Tonfall sowie Svens jetzt auf einmal leisere und bedrohlich wirkendere Stimme verfehlten ihre Wirkung auf mich nicht. Ich bekam eine Gänsehaut und die feinen Härchen in meinem Nacken sträubten sich.

Sven fegte mit einer kurzen Handbewegung alle Gegenstände von einem alten, breiten Holztisch, der in einer Ecke dieses Zimmers stand, laut scheppernd zu Boden. Er schubste den anderen Kerl unsanft gegen die Tischkante und befahl ihm:

„Zieh deine Hose aus, ich will sehen, was du zu bieten hast!".

Der Blonde tat wie ihm geheißen und blickte nur stumm auf seinen Schwanz, der etwas halbsteif an ihm herunterbaumelte.

„So wird das nichts. Los geh schon und hilf dem Kleinen mal etwas auf die Sprünge – und zwar heute noch."

Mit diesen Worten schubste Sven mich ebenfalls etwas unsanft in Richtung des Tisches, sodass ich mehr stolperte als ging.

„Auf die Knie Sklavin und dann blas mal ordentlich!"

Ich begab mich also brav in die gewünschte Stellung und umfasste diesen fremden Schwanz mit einer Hand und begann ihn zu reiben. Dann senkte ich meine Lippen auf die Eichel und leckte langsam über seinen Schlitz. Aus den Augenwinkeln konnte ich sehen, dass sich die Hände des Sklaven um die Tischkante schlossen und die Knöchel weiß hervortraten. Es schien als gefiele dem Sklaven diese Behandlung.

Dem Herrn der Szenerie schien sie jedoch keineswegs anzumachen. Er baute sich neben mir auf und schlug mir mit der flachen Hand klatschend auf meine Finger.

„Ich sagte blasen und nicht lecken. Nimm sofort die Hand von seinem Schwanz und steck ihn dir so richtig tief in den Rachen! Ich will nichts mehr von ihm sehen!"

Mein Handrücken brannte und gleichzeitig fühlte ich eine starke Erregung in mir aufsteigen. Sven stand mit gespreizten Beinen hinter mir und bog mir beide Arme auf den Rücken. Ich hörte es leise klicken und wusste sofort, dass sich gleich ein paar Handschellen um meine Handgelenke schlingen würden und genauso kam es auch. Svens Hand umfasste meinen Hinterkopf und drückte ihn mit Gewalt nach vorne, sodass sich der Schwanz vor mir tatsächlich bis zu meinen Mandeln in mich hineinrammte. Es schüttelte mich vor Würgen und ich bekam kurzzeitig auch etwas zu wenig Luft. Aus meiner Kehle drang ein gurgelndes Geräusch und über mir stöhnte der Sklave.

„Na also – geht doch, warum nicht gleich so?"

Sven trat etwas zur Seite und drückte meinen Kopf zu seiner Seite. Man konnte das Grinsen in seiner Stimme hören, als er befahl:

„Und jetzt blas meinen Schwanz!"

Doch die Entspannung meiner Mundpartie wähnte nur ganz kurz, als ich von einem Schwanz zum anderen wechselte, denn auch Sven war ziemlich gut bestückt, was meine Gesichtsmuskulatur doch heftig beanspruchte. Doch sobald ich versuchte, mir etwas Erleichterung zu verschaffen und Svens Schwanz nicht ganz so tief zu schlucken, traf ein fester Schlag mit einer Gerte mein nacktes Hinterteil und Svens Hände drückten meinen Kopf wieder Richtung seines Bauchs. Ich hatte keine Chance seinem Schwanz zu entkommen, doch gerade das machte mich unheimlich an. Er schien genau zu wissen, wie hart sein Schlag und wie hoch der Druck seiner Hände sein durfte, sodass ich mich zwar sehr erniedrigt, aber nicht wirklich bedroht fühlte. Ich war so sehr mit Svens Schwanz beschäftigt, dass ich für einen Moment den zweiten Kerl ganz vergessen hatte.

Bis Sven ihn anherrschte: „Los wichs' dir einen, sonst war die ganze Arbeit ja umsonst! Schließlich brauche ich dich gleich noch hart und einsatzbereit! Aber eigentlich sollte dieser kleine Schluckmund auch für zwei reichen. Also werden wir sie uns teilen. Stell dich gegenüber hin und wichs' weiter! Ich schiebe dir den Gierschlund gleich rüber."

Und so wechselte alle paar Minuten der Inhalt meines Mundes und ich hoffte inständig, dass dies bald vorbei sein würde.

So war ich fast froh, als Sven endlich die Hände in die Hüfte stemmte und zischte: "Los Sklave, fick die kleine Hure – ich will sehen, wie du ihr deinen Schwanz reinrammst. Setz sie auf dich drauf und spieß sie auf!"

Der Sklave legte sich rücklings auf den Tisch und Sven hob mich hoch, pflanzte mich einfach oben drauf und herrschte mich an: „Setz dich lieber freiwillig drauf oder ich drücke dich nach unten!"

Ich fühlte den heißen, harten Schwanz des Sklaven in meiner zum Glück recht nassen Muschi, sodass sich das Eindringen einfacher gestaltete als ich befürchtet hatte. Ich fühlte mich zwar trotzdem wie gepfählt, aber andererseits war es auch sehr geil, diesen großen Schwanz in mir zu spüren, wie er sich auf und ab bewegte. Sein Bauch rieb über meinen Kitzler und ich genoss das Gefühl der immer schneller kommenden Wellen der Erregung, die durch meinen Körper fluteten.

Dann spürte ich Svens Hand, die auf meinen Rücken drückte und mich so dazu zwang, nach vorne zu kippen, sodass ich schließlich mit dem Oberkörper auf dem Sklaven lag. Sven befahl meiner Unterlage:

„Halt' sie fest und höre kurz auf, sie zu ficken, bis ich ihr meinen Schwanz ganz tief in den Arsch gerammt habe! Dann kannst du weitermachen. Schließlich soll sie diesen Dreier nicht so schnell vergessen, also streng dich an!"

Ich hörte ein kurzes Quietschen einer Flasche und fühlte, wie mir kühles Gleitgel in die Po-Ritze lief. Ich wollte etwas sagen, doch bevor ich dazu kam, dehnte sich mein Poloch bereits so weit, dass mir kurz die Luft wegblieb. Ich konnte jeden Millimeter seiner Eichel fühlen, die in mich eindrang und auch die kleine Druckentlastung, als der Schaftrand meine Rosette passierte. Ich versuchte meine Schnappatmung und Aufregung unter Kontrolle zu bringen und mich so gut es ging zu entspannen. Dies war zwar nicht der erste Schwanz in meinem Arsch, aber doch einer der größten, den dieser je gesehen hatte und zusammen mit der Füllung meiner Muschi hatte ich fast das Gefühl, als würde ich gesprengt werden. Aber eben nur fast.

Sven trieb sich und den Sklaven zu Höchstleistungen an und so dauerte es nicht lange, bis ich schließlich glaubte, mein Hinterteil und mein Kopf würden gleichzeitig explodieren. Ich schrie meine Ekstase einfach laut hinaus und wartete dann völlig erschöpft, bis auch der Herr und sein Sklave abspritzten. Wie viele Minuten es schließlich dauerte, bis alle Drei befriedigt waren, konnte ich im Nachhinein nicht wirklich sagen. Ich war völlig erledigt und erschöpft – sowohl körperlich als auch geistig. Andererseits war ich aber auch höchst zufrieden und schien irgendwie zu schweben – jeglicher Realität entrückt.

Kaum hatte der Sklave den Raum verlassen, wurde Sven wieder zu jenem charmanten Begleiter, der mich in diesem Swingerclub begrüßt und im wahrsten Sinne des Wortes eingeführt hatte. Ich versicherte ihm, dass alle meine Wünsche zur vollsten Zufriedenheit erfüllt worden waren und Sven war so freundlich, mir ein Taxi zu rufen, da ich jetzt nur noch den Wunsch hatte, meine doch etwas geschundenen Knochen in meine weichen, warmen Kissen zu betten und den Orgasmus langsam abebben zu lassen.

Schenken will gelernt sein

Obwohl mich das Erlebnis im Swingerclub nachhaltig beeindruckt hatte und ich mir auch klar war, dass ich dort sicherlich noch öfter aufschlagen würde, um meine Phantasien auszuleben, so war dies doch keine Art von Sex, die man so jeden Tag zelebrieren konnte. Alltagstauglicher Sex sah einfach anders aus.

Ich arbeitete zu dieser Zeit in einer kleinen, mittelständischen Firma mit nur relativ wenigen kaufmännischen Mitarbeitern. Das Arbeitsklima war gut und wir gingen oft gemeinsam Mittagessen oder unternahmen auch schon mal etwas abends in der Freizeit zusammen. Die meisten waren um die 25 und daher konnte man den Umgangston durchaus als locker beschreiben. Neben der Arbeit blieb auch immer noch etwas Zeit, uns gegenseitig kleine oder auch mal größere Streiche zu spielen. An jenem Tag traf es meinen Kollegen aus dem Nachbarbüro. Douglas war groß und hatte die Statur einer ausgewachsenen Eiche. Er wirkte so, als gäbe es nichts, was ihn aus der Fassung - geschweige denn ins Wanken - bringen konnte. Aber genau das macht ja bekanntlich den Reiz solcher Nettigkeiten aus.

Es war kurz vor Weihnachten und in unserer Eingangspost befanden sich zu dieser Zeit auch häufiger Pakete unserer Kunden, die uns kleine Aufmerksamkeiten schickten. Douglas war etwas enttäuscht darüber, dass für ihn nie etwas dabei war, was jedoch daran lag, dass er im Gegensatz zu uns keinen festen Kundenstamm betreute, sondern ausschließlich mit der Neukundenakquisition beschäftigt war, bei der naturgemäß noch kein so guter und enger Kontakt zum Kunden bestehen konnte, der einen Präsentversand gerechtfertigt hätte. Da er darüber so traurig war, beschlossen wir spontan ihm eine kleine Freude zu machen.

Auf dem Gang zu unseren Büros standen schon seit Wochen die Weihnachtspräsente für unsere Kunden und wir hatten bemerkt, dass die Mäuse, die es zweifellos irgendwo im Gebäude gab, eine Vorliebe für die darin befindlichen Pralinen entwickelt hatten. Was allerdings bei der ansonsten eher mageren Essensauswahl in Form von Kakteen, Zimmerpflanzen und gelegentlichen Schokoladevorräten auch nicht weiter verwunderlich war. Das änderte jedoch nichts daran, dass wir versuchten, die Übeltäter mittels Mausefallen dingfest bzw. tot zu machen und wir außerdem neue Pralinenfüllungen für unsere Weihnachtstassen ordern mussten. So konnten wir an diesem Morgen, dank der so beliebt gewordenen Futterquelle, eine weitere recht wohlgenährte Pralinen-Maus erlegen. Wir verpackten diese mit jeder Menge Küchenrolle und Geschenkpapier, damit die äußere Form nicht gleich auf den Inhalt schließen ließ und steckten alles in einen kleinen Karton, der noch den Aufdruck der Frankiermaschine des Kartoffelflockenherstellers trug, den Douglas die letzten Wochen so intensiv betreut hatte. Noch ein bisschen braunes Klebeband drum und schon nahm Douglas unserer Empfangsdame das Päckchen problemlos als Original ab.

Da er sich lauthals über das erhaltene Weihnachtspaket freute, hatten wir alle einen guten Vorwand, brav in sein Büro zu marschieren, um das Geschenk oder auch seinen sicherlich gleich entgleisenden Gesichtsausdruck gebührend zu würdigen. Er erschrak furchtbar, als er sich bis zum Inhalt des Kartons vorgearbeitet hatte und es tat uns ausgesprochen leid, dass wir den Unfug so stark übertrieben hatten.

Keiner von uns wusste vorher, dass Douglas eine panische Angst vor Mäusen und anderen Kleinsäugern hatte. Ich machte mir wirklich ernsthafte Sorgen, dass wir ihm für lange Zeit den Spaß am Auspacken von Geschenken verdorben hätten, was sich jedoch kurz darauf als völlig unbegründet herausstellte. Zumindest dann, wenn es sich um eine andere Art von Geschenken handelte.

Die kleine Revanche kam einige Tage später an meinem Geburtstag. Claas und Douglas hatten mir bereits morgens ein kleines Präsent überreicht, das allgemeines Gelächter hervorrief, als die Bedingung für das Öffnen des Päckchens bekannt gegeben wurde. Ich musste versprechen, den Inhalt am nächsten Tag ins Büro anzuziehen. Irgendwie war mir bei dem Gedanken zwar nicht ganz wohl, aber gegen Mittag konnte ich mich den wiederholten Aufforderungen der Kollegen sowieso nicht länger widersetzen und öffnete das Geschenk schließlich doch.

Zum Vorschein kamen zwei Stringtangas aus weißer Spitze. Eigentlich war ich ganz erleichtert, da ich mir vor meinem geistigen Auge bereits schlimmeres ausgemalt hatte. Wie etwa ein kurzes schwarzweißes Hausmädchenkostüm oder eine viel zu kurz geratene Schwesterntracht oder ähnliches. Dies würde nicht lächerlich aussehen und darüber konnte ich mein ganz normales Büro-Outfit tragen – was sollte also schon passieren.

Der richtige Spaß begann erst am nächsten Tag, da der Slip gemeiner Weise vorne aus kratziger Polyesterspitze gefertigt war und hinten lediglich ein schmales Gummiband besaß. Dass sah zwar sehr dekorativ aus, war aber völlig ungeeignet, um es den ganzen Tag zu tragen. Natürlich hatte ich keinerlei Unterwäsche zum Wechseln mitgebracht und verfluchte die beiden insgeheim für diesen absolut untragbaren Einkauf. Was für eine Gemeinheit, mein Hintern war noch Tage danach wundgescheuert! Einen Vorteil hatte die ganze Sache jedoch trotzdem.

Claas vergewisserte sich natürlich persönlich mit der Hand, ob ich den Tanga auch tatsächlich trug, indem er aufreizend langsam über die Rückseite meines Rockes strich. So ganz überzeugte ihn dieser Test jedoch noch nicht. Wir hatten schon öfter geflirtet, aber noch nie so hautnah. Er zog mich näher zu sich heran, sodass ich zwischen seinen gespreizten Beinen stand. Dann legte er beide Hände auf meine Oberschenkel und schob ganz langsam meinen Rock nach oben. Im Gegensatz zu mir begeisterte ihn sein Geschenk doch sichtlich, ebenso wie die halterlosen Strümpfe und die hohen Pumps, die ich dazu trug. Er streichelte über meine nackten Pobacken und arbeitete sich anschließend mit geschickten Fingern zwischen meine Oberschenkel vor. Ich konnte mich nicht beherrschen und musste ihn auch unbedingt ein bisschen necken, indem ich meine Finger über seinen Hosenschlitz fahren ließ und diese dabei aufreizend mit leichtem Druck auf und ab bewegte. Mit einem verschmitzten Lächeln fragte ich ihn, ob er eine „Maglight" in der Hosentasche trug oder ob er sich nur so freute mich zu sehen.

Er lud mich ein, dies doch einfach selbst zu überprüfen und so öffnete ich schnell seinen Gürtel samt Jeans und fand natürlich keine Taschenlampe. Stattdessen schwang mir beim Nach unten-Ziehen seines Slips ein nicht unbeträchtlich erregter Schwanz vor Freude entgegen. Er richtete sich zu voller Größe auf, als ich meine Finger eng um ihn schloss und ihn anfangs sanft auf- und abwärts massierte. Geschmiert mit etwas Spucke ging das Ganze gleich noch viel besser.

Ich führte ihn an seinem Schwanz wie einen Hund an der Leine vorsichtig hinter mir her und setzte mich auf eine freie Ecke seiner Schreibtischkante. Ich spreizte die Beine und steckte meinen rechten Mittelfinger aufreizend in den Mund, um ihn anschließend ziemlich nass auf meinen Kitzler zu legen. Ich rieb diesen solange, bis er hart wurde und spitz hervortrat. Während dieser Vorstellung hatte meine linke Hand immer noch Claas Prachtstück gut im Griff und massierte dieses kräftig weiter. Ich dirigierte seinen Steifen mit sanftem Zug näher an meine nasse, erwartungsfrohe Muschi heran. Mit leichtem Druck ließ ich seine harte Eichel zwischen meinen nassen Schamlippen auf- und abgleiten. Ich erlaubte ihm aber jeweils nur ganz kurz und auch nur minimal, in mich einzudringen, bevor es wieder nach oben Richtung meines Kitzlers ging. Irgendwann war unsere Erregung jedoch so groß, dass es kein Halten mehr gab und ich meine Finger löste, sodass Claas ungehindert tief in mich eindringen konnte. Ich atmete heftig, in meinem Kopf fing sich alles an zu drehen und schließlich presste ich meine Hände so fest auf seine Pobacken, dass man noch am nächsten Tag die roten Abdrücke meiner verkrampften Fingernägel darauf sehen konnte. Ich drückte ihn so fest an mich wie ich konnte und er penetrierte mich in seinem eigenen Rhythmus heftig. Solange, bis ich meinen Orgasmus nicht mehr zurückhalten konnte und wollte. Er kam kurz darauf in mir, wobei ich die heftigen Zuckungen seines harten Schwanzes deutlich in mir spüren konnte.

Inzwischen war es jedoch spät geworden und wir vertagten die Fortsetzung unseres kleinen Spiels auf den nächsten Tag um siebzehn Uhr im Büromateriallager.

Ich saß den ganzen Tag wie auf heißen Kohlen und konnte es gar nicht erwarten, dass es endlich Feierabend wurde und die Kollegen einer nach dem anderen das Büro verließen. Claas kam an diesem Tag auch besonders häufig unter irgendeinem Vorwand in meinem Büro vorbei und ich konnte an seinen Blicken merken, dass auch er nicht nur nachts von unserer gestrigen kleinen Episode geträumt hatte. Er blickte mir stets lange in die Augen, wenn er mir etwas erzählte, wobei ich wirklich Mühe hatte, seinen Ausführungen zu folgen und auch nur etwas von dem zu behalten, was er von sich gab. Er beugte sich zu mir herunter und berührte wie zufällig dabei meine Schulter oder streifte meinen Arm. Ich wusste, er wollte mich genauso sehr berühren, wie ich ihn und keiner von uns beiden konnte die Augen oder die Hände von dem anderen lassen. Selbst wenn wir dabei nicht immer alleine im Büro waren.

Kaum waren wir allein im Gebäude, beeilten wir uns, in den Keller zu kommen und uns um den Hals zu fallen. Wir küssten uns heftig und zogen uns so schnell wie möglich aus. Claas nahm einfach meine Hand und legte sie zwischen seine Beine. Ich fand seinen munteren kleinen Freund bereits in Vorfreude erstarrt, während seine Lippen von meiner Halsbeuge Richtung meiner Brüste wanderten und eine feuchte, brennende Spur hinterließen. Meine Brustwarzen wurden hart vor Erregung und ich drängte mich an ihn. Seine Zunge spielte mit meinem ganzen Körper und ich atmete heftig, als er sich vor mich hinkniete und sich seine Küsse von meinem Bauchnabel über die empfindlichen Stellen am Hüftknochen immer näher an meinen feuchten Kitzler herantasteten. Ich hörte ihn rechts nach etwas greifen und wunderte mich kurz, nach was er da suchte.

Fürsorglicherweise bat er mich nicht zu er-
schrecken, wenn es gleich noch etwas feuchter würde.
Er hatte wohl schon vorher eine kleine Squeeze-
Flasche Honig hier unten deponiert, den er mir jetzt
mit einem heftigen Druck auf den Kitzler spritzte und
genüsslich wieder ableckte. Er züngelte erst quälend
langsam und dann immer schneller mit seiner Zunge
über meinen Venushügel.

Als ich es kaum noch aushielt, bat ich ihn um
eine kleine Pause und drehte mich um. Ich beugte
mich leicht vornüber und stützte mich mit den Händen am Wandregal ab. Dann spreizte ich mein Bein
seitlich etwas ab und stellte meinen Fuß auf einen dort
befindlichen Karton, sodass Claas problemlos von
hinten langsam in mich eindringen konnte. Sein
Rhythmus begann sich erst allmählich zu steigern,
während er mein Becken an sich gepresst hielt und
mit seinen Fingern gleichzeitig meinen Kitzler liebkoste. Dann löste er seinen Griff etwas und das schneller
werdende Stakkato unserer aufeinander prallenden
Körper gab ein klatschendes Geräusch, was jedoch
außer uns zum Glück niemand hören konnte.

Heute ließen wir uns mit unserem Fick jedoch
mehr Zeit als gestern, was durchaus seinen Reiz hatte.
Er strich sachte mit seinen Händen über meinen Rücken nach unten, wobei er immer wieder kleine Küsse
auf meinen Nacken hauchte, die mir stets einen erregten Schauer nach dem anderen über den Rücken jagten und meine Brustwarzen steil in die Höhe steigen
ließen. Dann zog er seinen Schwanz ganz heraus,
drückte meinen Rücken sanft weiter nach unten und
begann genüsslich mein empfindliches Poloch zu lecken, während seine Finger unterdessen in meiner
Muschi auf der Suche nach meinem G-Punkt unterwegs waren. Er fingerte so geschickt an mir herum, bis
ich schließlich mit einem unterdrückten Stöhnen zum

Orgasmus kam, während er mir zwei Finger gleichzeitig in den Po steckte und diese dort hin und her bewegte. Ich war immer noch ganz außer Atem, wollte aber auch nicht, dass nur ich alleine zum Höhepunkt kam. So griff ich nach hinten und bekam seinen Schwanz erneut zu fassen. Ich umspannte ihn mit der kompletten Hand und dank meiner eigenen dort noch vorhandenen Feuchte musste ich auch nur sehr kurz wichsen bis sich sein Sperma heiß über meine Pobacken ergoss. Er sank mit seinem Oberkörper halb auf meinen Rücken und hielt mit einer Hand immer noch meinen Busen umklammert, während er sich langsam entspannte.

Happy Valentine

Ich stehe in der riesigen Süßwarenabteilung des Kaufhauses etwas verloren herum und kann mich nicht entscheiden, was ich kaufen soll. Dabei sollte ich eigentlich gar kein Problem haben. Es gab nur einen Herrn der Schöpfung, dem ich zu diesem speziellen Tag gerne etwas schenken wollte, meinem Arbeitskollegen Lars. Aber da war es wieder: dieses Gefühl, gerade dabei zu sein, etwas Dummes zu tun. Wir waren definitiv kein Paar und er hasste es, wenn ich etwas tat, was auch nur im Entferntesten dazu beitrug, diesen Eindruck zu erwecken. Ich wusste jetzt schon, dass er wieder leicht verärgert reagieren würde, wenn ich etwas für ihn kaufte und trotzdem konnte ich einfach nicht aus meiner Haut! Ich wollte und musste einfach etwas für ihn kaufen und zwar nur für ihn. Es sollte unbedingt etwas sein, was andeutungsweise die Symbolik dieses Tages unterstrich und trotzdem nicht allzu auffällig den eigentlichen Kaufgrund verriet.

Vermutlich würde ihm die damit verbundene Aussage sowieso entgehen – die meisten Männer denken über solche Kleinigkeiten und ihre Bedeutung eh nicht weiter nach. Also versuchte ich mich zu beherrschen und nicht den ganzen Laden leer zu kaufen, sondern nach etwas sehr, sehr Kleinem und Unauffälligem Ausschau zu halten. Ich entdeckte schließlich einen – wie ich fand – guten Kompromiss und kaufte nur ein Mini-Herz aus Marzipan. Ich war stolz auf mich und trotzdem überlegte ich auch am nächsten Tag noch lange, ob ich es ihm überhaupt geben sollte oder lieber doch nicht. Das mulmige Gefühl im Magen blieb – wie schon so oft vorher – und es trog mich auch dieses Mal nicht.

Ein paar Stunden später kam die unvermeidliche Frage, ob ich das Herz in den Ablageschalen seines Schreibtisches deponiert hatte. Natürlich bekam ich auch heute wieder zu hören, ich solle das doch bitte lassen und ihm nichts schenken. Wobei er es trotzdem mit Genuss verputzte. Ob ihm die besondere Form an diesem speziellen Tag dabei aufgefallen war oder nicht, kann ich nicht wirklich sagen. Eigentlich konnte ich die ganze Aufregung nicht wirklich verstehen, denn wenn es rein nach meinem Gefühl gegangen wäre, hätte ich ihn in eine Badewanne voll mit roten Marzipanherzen gesteckt! Was für mich den unschätzbaren Vorteil gehabt hätte, dass er dann auch gleich schon mal nackt gewesen wäre und man evtl. kleine geschmolzene Schokoflecken vorsichtig von ihm hätte ablecken können. Wenn man also bedenkt, wie mein Wunschplan ausgesehen hatte, fand ich mich äußerst zurückhaltend und fast schon bieder bis schüchtern.

Und um den Gedanken mal nicht ganz so jugendfrei weiterzuspinnen, hätte ich mir gewünscht, von ihm eine einzige Rose zu bekommen, mit deren Blütenblättern er sanft über meine nackte Haut gestreichelt hätte. Ganz langsam von den Zehen über meine Fesseln, weiter zu den empfindlichen Kniekehlen, entlang der Innenseite der Oberschenkel und schließlich mittig hoch zum Bauchnabel und meinen Nippeln. Er würde hinter mir stehen und meinen Nacken mit gehauchten Küssen bedecken und mich mit der anderen Hand gegen seine Hüfte pressen, sodass ich seine Erregung deutlich an meinen Pobacken spüren könnte. Ich würde ihm die Rose abnehmen, damit er beide Hände frei hätte, um meine Brüste zu umschließen und mit den Fingerspitzen über meine inzwischen harten Brustwarzen streicheln zu können. Er würde mich zu sich umdrehen und seine Lippen würden sanft meine Brüste liebkosen. Seine Küsse auf der dünnen, empfindlichen Haut würden angenehme Schauer über meinen Rücken und einen kleinen Art "Stromstoß" von den Zehen direkt zwischen meine Beine schicken.

Ich würde merken, wie ich vor Erregung immer feuchter würde. Mein Atem würde schneller und heftiger werden, und hin und wieder würde ich ein kleines Stöhnen nicht unterdrücken können. Ich böge ganz automatisch den Rücken durch und würde mich so noch dichter gegen seine Lippen drängen, während sich diese öffnen und seine Zunge kleine feuchte Kreise auf meinen Brüsten hinterlassen würde. Er würde vorsichtig an meinen Nippeln knabbern und endlich daran saugen, bis ich mich fast nicht beherrschen könnte. Ich würde kurz über meine Finger lecken und diese anschließend zu seinem Schwanz wandern lassen und beginnen, ihn sanft zu massieren. Seine eigene Vorfreude trüge ebenfalls zur besseren Gleitfähigkeit bei. Diese ließe sich jedoch noch weiter verbessern, indem ich meine Hände wegnehmen und so den Weg für seine ganze Pracht in Richtung meiner Schamlippen freigebe würde. Ich ließe ihn langsam zwischen meine Schenkel gleiten, um den Moment so lange wie möglich hinauszögern und auskosten zu können. Es würde sich wie ein kleiner bittersüßer Schmerz anfühlen noch zu warten und den Moment des ersten heftigen Stoßes noch etwas zu verschieben.

Ich würde mich nicht mehr zurückhalten können, wenn ich ihn erst einmal wirklich in mir spürte. Ich würde gerne noch warten, aber das würde nicht funktionieren. Er würde mir tief in die Augen schauen und sicherlich meine vor Erregung weit geöffneten Pupillen bemerken. Wobei seine raue Stimme erkennen ließe, dass auch er nicht so unbeteiligt war wie er versuchte, mir weiszumachen. Er würde mich fragen, woran ich gerade dachte, was ich wollte. Natürlich wollte ich, dass er mich fickte und zwar sofort. Solange, bis wir unseren ersten Orgasmus verbuchen könnten. Fragt sich, wer über mehr Selbstbeherrschung verfügen würde – er oder ich.

Ich wusste, er würde warten, bis ich es laut aussprach. Sicherlich wollte er hören, dass ich ihn und seinen Schwanz begehrte. Warum ihm also diesen kleinen Gefallen nicht tun? Es würde mir nicht schwer fallen in dieser Angelegenheit nachzugeben – im Gegenteil: es wäre mir eine Freude! Während sich meine Gefühle überschlagen würden, jagten ansonsten nur noch ein paar Gedankenfetzen durch meinen Kopf: „Alfa Romeo Giulietta". Auch so einer meiner früheren Fauxpas. Ich hatte ihm mal verraten, dass ich bei dieser Werbung immer an ihn denken musste. Dort erzählt eine sexy Frauenstimme als Begleittext zur Autowerbung etwas von: "Begehre mich, streichle mich, liebe mich".

Soviel zu meiner Phantasie, und da saß ich nun mit meinen wild durcheinander fliegenden Gedanken und Emotionen, konnte mich auf nichts anderes konzentrieren und hatte mal wieder fast die Kontrolle verloren. So weit so gut, zumindest hatte ich es geschafft, meine Hände bei mir zu behalten, obwohl dies in diesem Moment tatsächlich eine enorme körperliche und geistige Anstrengung bedeutete. Ich hoffte inständig, dass auch die Laufschrift auf meiner Stirn ausgeschaltet war. Vielleicht bemerkte er ja nicht, dass mich sein Geruch fast um den Verstand brachte. Ich wollte am liebsten jeden einzelnen Tag und vor allem jede Nacht ganz dicht bei ihm verbringen, nur um seinen ihm eigenen Duft einatmen zu können, bei dem ich an nichts anderes als Sex denken konnte. Meine bescheuerte Nase hatte nun mal beschlossen, dass dieser Kerl genau der passende Genpool für eine erfolgreiche Fortpflanzung war. Egal wie sehr sich mein Kopf auch gegen diese Feststellung wehrte. Ich hatte einfach keine Chance.

Ich würde am liebsten in ihn reinkrabbeln, wenn das ginge. Oder nein, lieber sollte er in mich reinkrabbeln. Wie gerne würde ich jetzt die Hand ausstrecken und einfach nur durch seine Haare fahren oder über seinen Rücken streicheln, sanft sein Ohr berühren und einfach bei ihm sein. Ich hasse diesen völlig hilflosen Zustand, in dem ich keine Kontrolle mehr über mich zu haben scheine. Dieser Mann bringt mich noch um den Verstand oder um - eines von beiden. Dieses Gefühl, den richtigen gefunden zu haben, hatte ich sofort bei unserem ersten Treffen und egal, was immer ich auch versucht hatte, es wurde im Laufe der Jahre nicht besser, sondern eher schlimmer.

Je mehr mein Verstand nein sagte, umso mehr sehnte sich mein Körper und mein Herz mit jeder Faser nach ihm. Wenn ich ihn ein paar Tage nicht gesehen oder vielmehr gerochen hatte, bekam ich regelrechte Entzugserscheinungen, die körperlich spürbar waren. Einerseits als erdrückenden leichten Schmerz in meinem Brustkorb, der sich dann irgendwie zusammengedrückt und eingeengt anfühlte – so als bekäme ich nicht genügend Luft und würde nur flach und zu schnell atmen können. Andererseits fühlte ich ein Kribbeln im Unterbauch, wenn er mir überraschend begegnete, das sich fast wie Angst anfühlte.

Ich hörte vor ein paar Tagen einen Song im Radio, der es ganz gut ausdrückt: „*I only miss you, when I am breathing. I only need you, when my heart is beating. (Jason Derulo - Breathing)*".

Wenn ich ihm dann endlich wieder nah sein konnte, war ich supernervös. Auch hierfür gibt es im Deutschen keinen mir bekannten Ausdruck, der meine

Gefühlslage besser beschreiben könnte als das englische *„totally oversexed and underfucked"*.

Einerseits war es schön, so unter Hochspannung zu stehen und sich sehr lebendig zu fühlen. Andererseits auch sehr frustrierend, wenn man keine wirkliche Entspannung finden konnte. Denn selbst wenn ich mit jemand anderem schlief, ließ diese Sehnsucht nach Lars nicht nach und sie wurde auch nicht kleiner. Es fühlte sich einfach nur falsch an. Nicht umsonst sagt man, dass sich Sex hauptsächlich im Kopf abspielt. Mein Kopfkino sagte mir dann regelmäßig, dass ich gerade im völlig falschen Film war und einen ganz anderen Filmpartner haben wollte. Ich konnte mich dann nicht mehr auf den eigentlichen Akt konzentrieren und hatte tatsächlich Schwierigkeiten überhaupt zu kommen. Das einzige, was diese unerfüllte sexuelle Spannung in mir überhaupt etwas abbauen konnte war, wenn ich mich selbst befriedigte. Dabei konnte ich wenigstens von ihm träumen und mir vorstellen, all die Dinge mit ihm zu tun, die ich so gerne tun wollte. Leider half diese Maßnahme nur sehr kurzfristig und auch sie vermochte meine Sehnsucht nicht wirklich zu stillen oder merkbar zu verringern.

Wegen ihm hatte ich das Rauchen aufgegeben, obwohl ich früher immer im Brustton der Überzeugung beteuert hatte, dass ich niemals für einen Mann das Rauchen aufgeben würde. Selbst wenn es der berühmte Prinz auf dem weißen Ross wäre. Und jetzt, weder ein Prinz noch auch nur annährend ein Pony und trotzdem sind alle guten Vorsätze dahin. Er war der Grund, warum ich umgezogen war und auch der einzige mit dem ich mir jemals hätte vorstellen können, Kinder zu kriegen. Schon wieder so eine meiner früheren, ungeschriebenen, eisernen Regeln. Ich wollte niemals Kinder haben – außer jetzt auf einmal mit ihm. Weiß der Geier, warum es ausgerechnet dieser Kerl sein musste. Gäbe es eine Medizin dagegen, ich würde sie kaufen, egal wie teuer mich das käme. Ich hatte früher nie etwas mit Reproduktion am Hut gehabt und wollte das eigentlich auch jetzt nicht und trotzdem fand ich die Vorstellung auf einmal toll, mit ihm zusammen eine Familie zu gründen. Was bedeuten würde, auch noch einmal zu heiraten. Auch das war bisher immer ein absolutes No-Go. Sie erraten es sicher schon, auch diesen Grundsatz habe ich für ihn schon lange über Bord geworfen. Nur gut, dass er davon nichts wusste.

Mittlerweile hasste ich auch die Vorstellung Urlaub zu haben, da wir uns dann für längere Zeit nicht sehen konnten. Dabei waren mir schon zwei Tage Wochenende ohne ihn viel zu lange. Wenn wir uns aber zwei oder drei Wochen nicht begegneten, wurde ich immer schlechter gelaunt, war frustriert, extrem reizbar und todunglücklich. Ich musste meinen letzten Rest Selbstachtung zusammenkratzen und verhindern, ihm einfach eine SMS zu schicken. Ich wollte ihm schreiben oder sagen, dass ich ihn schrecklich vermisste, dass ich ihn liebte und mich verzweifelt nach ihm sehnte.

Ich frage mich, ob ich jemals den Mut haben werde, ihm dies zu erzählen und fürchte bzw. hoffe, dass dies nicht so sein wird. Ich würde mich nur noch mehr der Lächerlichkeit preisgeben als ich das bisher schon viel zu oft getan hatte. Viel einfacher wäre es natürlich, ihn diese Geschichte lesen zu lassen. Aber auch das sollte ich erst tun, wenn er mir nicht mehr das Herz brechen konnte – fragt sich, ob dieser Tag je kommen wird. Ich habe da so meine berechtigten Zweifel. Zumal es jetzt noch schwerer wurde, seit ich nicht mehr rauchte. Sehr zu meinem Leidwesen rieche ich dadurch leider viel besser wie vorher. Und wenn mich die Vergangenheit eines gelehrt hatte, dann, dass meine Nase die alleinige Entscheidung traf, wen ich liebte und mit wem ich zusammen sein wollte. Vielleicht sollte ich also am besten eine Anzeige in der Tageszeitung oder im Netz aufgeben und jemand suchen, der zufällig ein paar Wäscheklammern oder einen ordentlichen Schnupfen übrig hatte, den er mir schenken konnte – vielleicht hat mein Kopf dann wieder eine Chance!

Aller guten Dinge sind drei
oder doch vielleicht vier?

Um mich von meinem Herzschmerz mit Lars abzulenken, verabredete ich mich auch hin und wieder mit anderen Männern. Vielleicht war ja auch einmal einer dabei, der mich Lars vergessen ließ – eine schöne Vorstellung! So begab es sich, dass ich mich nach einer langen und recht feucht-fröhlich durchzechten Nacht mit Patrick und seinem Freund auf dem Weg zu dessen Wohnung für einen letzten Absacker befand. Das Haus lag etwas außerhalb der City und hatte sicherlich schon einige Jahrzehnte auf dem Buckel.

Da wir fast zwanzig Minuten durch den Regen gelaufen waren, empfanden wir alle das schnell im Wohnzimmer entfachte Kaminfeuer als überaus angenehm. Eng aneinander gedrängt, wärmten wir uns vor diesem erst einmal auf. Patrick brachte die versprochenen Drinks, strich mir sanft über den Rücken und meinte, es wäre eine gute Idee auch die restlichen nassen Klamotten erst einmal zum Trocknen aufzuhängen. Wir drei halfen uns unter lautem Gelächter gegenseitig aus den klammen Sachen und weckten dabei unabsichtlich auch noch Patricks Mitbewohnerin Mel. Sie stand unvermittelt, mit völlig zerzaustem schwarzen Haar und einem für diese zarte Person viel zu weiten, weißen T-Shirt in der Wohnzimmertüre und wunderte sich über den Krach mitten in der Nacht.

Sie sah sehr süß und wesentlich jünger als fünfundzwanzig aus, wie sie so barfuß und mit überkreuzten, nackten Beinen und einem immer noch ganz verschlafenen Blick unter ihrem etwas lang geratenem Pony heraus von einem zum anderen blickte. Da Mel

und ich uns als einzige noch nicht kannten, stellte
Patrick uns kurz vor. Anschließend erklärte er im
Brustton der Überzeugung, dass heute der offizielle
kanadische FKK-Feiertag wäre und Mel sich gefälligst
an den allgemeinen Dresscode halten sollte. Mel kam
dieser Aufforderung auch ohne Scheu nach und entle-
digte sich mit einem anerkennenden Blick auf die
Familienpläne von Patricks Freund Peter schnell ihres
Shirts.

Ich war freudig überrascht, zu sehen, dass wir
alle rasiert waren. Mels Intimrasur fand ich sehr ge-
lungen, denn sie hatte in der Mitte einen ca. 1 cm breiten, ganz exakt geschnittenen Längsstreifen stehen
lassen, der auf mich irgendwie wie die Landebahn
zum Glück wirkte und der direkt oberhalb ihrer
Schamlippen endete.

Wir amüsierten uns alle zusammen, berührten
unsere nackten Körper, streichelten uns gegenseitig,
tranken und alberten herum. Mel und Peter schienen
sich gut zu verstehen und hatten genauso viel Spaß
wie Patrick und ich. Doch die mit Abstand für mich
anregendste Kombination überraschte mich selbst
etwas:

Patrick hatte aus seinem Schlafzimmer ein
paar Spielzeuge geholt und befahl mir in gespieltem,
strengen Tonfall, mich hinzuknien und auf meinen
Händen abzustützen. Durch das lange Vorspiel mit
noch drei weiteren Protagonisten war ich schon ziemlich heiß und nass. In freudiger Erwartung, was jetzt
wohl auf mich zukommen würde, ließ ich den Dingen
ihren Lauf. Mit einer etwas härteren Spielart hatte ich
sowieso keine Probleme – im Gegenteil, sie machte
mich noch mehr an. Dabei spielte es keine Rolle, ob
ich dabei den devoten oder den dominierenden Part
innehatte. Dies hing in der Regel von meiner Tages-

form ab, wobei ich normalerweise eher Ersteres bevorzugte. Insgesamt fand ich diese Art von Sex auf Dauer wesentlich spannender als den immer und ewig gleichen Blümchen-Sex zu praktizieren.

Ich spürte ein starkes Kribbeln in mir aufsteigen, welches sich von meinem Bauch bis hinunter zu meiner nassen Spalte zog. Diese Vorfreude hatte auch etwas von gespannter Erwartung, gepaart mit so etwas ähnlichem wie einem leichten, aber durchaus angenehmen Angstgefühl. Sanft schüttelte mich ein kleiner Schauer. Schließlich überließ ich den anderen die Kontrolle und wusste nicht, was tatsächlich auf mich zukam. Ein prickelndes Gefühl von Ausgeliefertsein. Die dann folgende Realität übertraf meine Erwartungen jedoch noch um Längen.

Mel wurde angewiesen, den Doppel-Dildo zu holen und für eine bessere akustische Untermalung zu sorgen. Sie tauchte beide Enden in eine Art Cremetopf, bevor sie sich die eine Hälfte selbst in einführte und die Haltegurte um ihre Hüfte und Beine befestigte. Mels kleiner Protest zwecks des Gleitmittels beunruhigte mich etwas, andererseits war ich froh, als ich das weitaus dickere Ende dieses Spielgerätes in ihrer Muschi und nicht in meiner verschwinden sah. Mel schob sich unter mich und Patricks Freund platzierte etliche Kissen unter ihrem Allerwertesten, bis sie problemlos das andere Ende des Dildos in meiner Muschi versenken konnte. Bereits nach wenigen Stößen des glitschigen Plastik-Schwanzes war mir klar, warum Mel von dessen Gleitmittel nicht wirklich begeistert war.

Diese Creme hatte zwar gute Gleiteigenschaften, aber andererseits verspürte ich gleichzeitig auch ein immer stärker werdendes Brennen, je wärmer diese durch die Reibung wurde. Das wurde noch dadurch verstärkt, dass Patrick mittels einer kleinen schwarzen Fernbedienung meinen Teil des Dildos langsam immer weiter aufpumpte, wodurch Mels Teil des künstlichen Schwanzersatzes gleichzeitig etwas kleiner wurde. Stöhnen mussten wir aufgrund des leicht schmerzenden Brennens jedoch beide. Patrick schien Erfahrung auf diesem Gebiet zu haben und genau einschätzen zu können, wann der Dildo für mich zu dick und damit der Druck zu stark werden würde. Er traf genau den Punkt, bei dem der Schmerz noch verhältnismäßig gering war und sich dafür aber meine Erregung exponentiell steigerte. Nur etwas mehr und der Schmerz würde die Erregung überwiegen und diese damit schlagartig in Luft auflösen. Er aber beherrschte diese manchmal durchaus schwierige Gradwanderung perfekt.

Ich stöhnte laut und Patrick zeigte sich durchaus erfreut über die zunehmende Geräuschkulisse. Mel leistete ebenfalls ihren Beitrag dazu, indem sie ihren Oberkörper etwas unter mir heraus nach rechts verschob und dem nebenan knienden Peter weisungsgemäß die Eier leckte, der dies ebenfalls deutlich hörbar kommentierte:

„Ja – so ist's geil meine Süße. Leck mir mal so richtig die Eier und schieb sie dir ganz rein!"

Besonders laut wurde es, als sein steifer Schwanz bis zur Wurzel in ihrem Mund verschwand. Er stieß so heftig in sie hinein. dass er damit einen leichten Würgereflex bei Mel auslöste. Er hielt ihren Kopf von hinten mit beiden Händen fest, sodass sie seinen Stößen nicht ausweichen konnte und gurgelnde Geräusche von sich gab.

Patrick war meinem Blick gefolgt, der die beiden aus dem Augenwinkel beobachtete und versprach mir, dass ich diese Behandlung ebenfalls gleich ausprobieren dürfte. Er fasste mit einer Hand in mein Haar und zog meinen Kopf zurück, sodass ich automatisch meinen Mund öffnete. Er hielt meinen Kopf fest, sodass ich seinem Penis nicht nach hinten ausweichen konnte, wenn er ihn langsam bis tief in meinen Rachen versenkte. Ich musste ebenfalls leicht würgen, wobei mich jedes Mal ein kalter Schauer am ganzen Körper überlief.

Da ich nicht wusste, was Patrick meinte, als er sagte, ich würde diesen Mandelfick gleich angenehmer finden und mir freiwillig gefallen lassen, verharrte ich reglos in gespannter Erwartung. Zwischen seinem Becken und seiner Hand eingeklemmt, konnte ich mich im Moment sowieso nicht wirklich bewegen.

Mel erklärte mir schließlich, wie dies funktionieren würde. Sie krabbelte wieder ganz unter mich und streichelte meine Brüste. Sie leckte und knabberte solange an meinen Brustwarzen herum, bis diese steinhart hervorstanden und ich tatsächlich abgelenkt und enorm erregt war. Patrick spielte weiter an der Fernbedienung des Dildos und ich stöhnte mit vollem Mund, dass dies jetzt groß genug wäre, als ich plötzlich den heftigen Druck einer Nippelklammer an meiner linken Brustwarze spürte. Wie sich herausstellte, gab es zwei davon, die mittels einer langen, verstellbaren Metallkette miteinander verbunden waren. Und noch ehe ich mich von dem ersten Schreck erholte hatte, folgte auch schon fast der zweite Streich.

Während ich Patricks harten Prügel tief in meiner Kehle spürte, wickelte Mel die Kette einmal straff um seine Schwanzwurzel. Sie verkürzte das andere Ende der Kette so, dass es unter Zug stand und gerade noch so viel Spielraum hatte, die an diesem Ende befindliche zweite Klammer an meiner rechten

Brustwarze zuschnappen zu lassen. Dann drehte sie die Verstellschrauben an den Klammern langsam immer weiter auf, solange, bis kein mechanischer Widerstand mehr vorhanden war und sich die Klammern ganz fest um meine Nippel schlossen. Das tat richtig weh.

Anfangs dachte ich, der Druck und der damit verbundene Schmerz wären zu groß, doch durch das stufenweise Entfernen des Widerstandes hatte man etwas Zeit, sich an den immer weiter steigernden Druck zu gewöhnen. Patrick hatte tatsächlich recht. Jetzt war es wesentlich angenehmer ihn tief in meinem Mund zu spüren, als ihm zu erlauben, sich etwas daraus zurückzuziehen.

Denn wenn er seinen Schwanz nicht ganz so weit in mich hineinrammte und sich etwas zurücklehnte, verstärkte sich automatisch der Schmerz in meinen Brüsten, je stärker die Kette daran zog. Außerdem schnürte die Kette natürlich auch die Blutzufuhr an Patricks Schwanzwurzel ab, wodurch sein Abspritzen hinausgezögert und meine etwas unfreiwillige Lage weiter in die Länge gezogen wurde.

Da ich völlig mit mir selbst beschäftigt gewesen war, hatte ich Peter ganz vergessen, der etwas seitlich von uns dreien stand und von der Szenerie, die sich ihm bot, offensichtlich ganz angetan war. Er bearbeitete seinen ganz und gar nicht kleinen Ständer gerade selbst mit der Hand, als Patrick ihn aufforderte doch aktiver mitzuspielen. Schließlich habe er sich vorgenommen, heute alle meine drei benutzbaren Öffnungen zu bedienen, wozu er Peters Hilfe benötigte.

Peter kam dieser Aufforderung nur zu gerne nach und obwohl ich gedacht hatte, ich wäre heute bereits mehr als gut ausgefüllt, passte der Anal-Plug dank Gleitgel gut in meine Rosette. Peter beherrschte die Kunst der Penetration offensichtlich auch, wenn er dazu nicht seinen eigenen Schwanz benutzte. Er ließ den Plug immer wieder langsam in meinem Hintern verschwinden und bewegte ihn dort vor und zurück. Die Dehnung war noch angenehm und ich glaubte mich schon fast am Höhepunkt, als Peter den Plug wieder einmal ganz herauszog. Was ich nicht sehen konnte, war, dass er stattdessen gleich seinen riesigen Schwanz in meinen Hintern bohren würde. Gut vorgedehnt war ich, jedoch mehr erschrocken. Und es tat nicht wirklich weh, wenngleich die Dehnung doch recht stark war. Trotzdem drang ein erstickter Ausruf der Verwunderung vermischt mit etwas Panik aus meiner Kehle.

Ich hatte mich noch nicht ganz von dem Schreck erholt, als Patrick ihm befahl, mich noch härter zu ficken.

„Ich will die Wucht deiner Stöße auch hier am anderen Ende noch spüren! Schubs sie in meine Richtung und zwar ein bisschen flotter!"

Ich fühlte mich wie eine Schiffschaukel, die stets erneut mit Schwung in die andere Richtung gestoßen wurde und hatte der Wucht seiner Stöße nicht wirklich etwas entgegenzusetzen. Also ließ ich es einfach geschehen und ergab mich meiner Lage zwischen diesen beiden großen Schwänzen, die mich wie einen Pingpong-Ball hin und her schoben. Dieser Arschfick, zusammen mit Mels kundigen Fingern an meinem stark hervorgetretenen und nassen Kitzler und Patricks enormer Schwanz in meinem Mund, verschafften mir einen Mega-Orgasmus, der mich tatsächlich Sterne sehen ließ und der sich so auch nicht so schnell wiederholen lassen würde. Alle meine extrem stimulierten Nervenenden meldeten sich gleichzeitig. Ich wusste nicht an welchem Punkt sie zuerst explodiert waren, nur, dass die Welle der Entspannung von meinem ganzen Körper Besitz ergriffen und alles zum Schwingen gebracht hatte.

Deshalb war es auch nicht weiter tragisch, dass Patrick noch eine Weile brauchte, bis er sich schließlich in meinen Rachen entleerte, da ich irgendwie wie paralysiert war und sowieso keinen klaren Gedanken fassen konnte. Nicht einmal die volle Ladung Sperma in meinem Hals war in der Lage, mich wieder in die Realität zurückzubringen.

Zu meinem Glück entschied sich Peter, sich an Mel schadlos zu halten. Und so gab er schließlich meinen Hintern frei, aber nur, um sich rückwärts in einen Sessel fallen zu lassen und Mel mit sich hochzuziehen und sie zwischen seinen Beinen zu platzieren. Sie saß direkt auf seinem Schwanz und hüpfte wie ein Gummiball hoch und runter. Ihre Haare flogen mit ihren Brüsten um die Wette und das Tempo von Peters Stößen nahm immer weiter zu, sodass sich Mels Hände um die Stuhllehnen klammerten, damit sie nicht nach vorne weggeschleudert wurde. Das rhythmische und doch recht atemlose Stakkato strebte nun auch bei diesen beiden seinem unvermeidlichen Höhepunkt entgegen.

Den Rest des Abends erlebte ich wie in Trance und so schön dieses Erlebnis auch war, so bemühte ich mich doch in den nächsten Wochen wieder in ein etwas normaleres Leben zurückzufinden, ohne diese extremen Ausschweifungen.

Etwa drei Wochen später schien es mir jedoch an der Zeit, mal wieder auszugehen und so verabredete ich mich mit meiner Freundin. Da uns beiden nicht der Sinn nach jungem, unreifen Gemüse stand, beschlossen wir am kommenden Samstag auf die Ü30-Party im Kongresszentrum zu gehen.

Ü30-Party

Es war ein kalter Februar-Abend an dem meine Freundin und ich in der Piano-Bar des Kuppelsaales saßen. Wir genossen die schummrige Atmosphäre, den wirklich guten Klavierspieler nebst Cocktails und beobachteten die anderen Gäste rings um uns herum.

Wir hatten uns eine kleine Erholung verdient, nachdem wir nun schon seit Stunden durch die anderen 4 Partyräume gewandert bzw. getanzt waren. Es war amüsant, die vorbeiziehenden Singles zu begutachten und dabei festzustellen, dass scheinbar eindeutig sehr viele nicht ganz so groß geratene Herren auf dem Beziehungsmarkt übrig geblieben waren. Die meisten der hier umherziehenden einsamen Wölfe waren gerade einmal so groß wie wir selbst, was bei einem Meter siebzig hochkant bzw. nur knapp darüber doch etwas verwunderte.

Ich beschloss mir nebenan einen Espresso zu holen und reihte mich dazu in der kleinen Warteschlange an der Café-Bar ein. Als ich meinen Muntermacher mittels der Getränkebons bezahlen wollte, legte sich plötzlich eine mir unbekannte Hand auf meine und eine angenehm klingende, dunkle Stimme sagte:

"Den Kaffee der Lady übernehme ich – wenn ich darf."

Ich drehte mich um und schaute in die strahlendsten braunen Augen, die mir je begegnet waren, umrahmt von – für einen Mann – extrem langen, geschwungenen, schwarzen Wimpern. Mein Kavalier hatte kurze, schwarz schimmernde Haare, die in mir sofort den unwiderstehlichen Wunsch auslösten, diese sanft mit den Fingern zu verwuscheln. Nur um sicher zu gehen, dass sie sich genauso weich anfühlten, wie sie aussahen.

Ich strahlte ihn an, bedankte mich für die Einladung und folgte ihm anschließend zu unserem Tisch zurück. Ich stellte ihm meine Freundin vor und wir unterhielten uns angeregt. Dabei versuchte ich mir ein genaueres Bild von ihm zu machen und musste leicht über das bunt gemusterte Hemd schmunzeln, das er zu seiner schwarzen Jeans trug, die seine schmalen Hüften noch betonte. Irgendwie wirkte das Hemd so, als hätte er es absichtlich so ausgesucht, dass man hierzu in gar keinem Fall eine passende Krawatte finden konnte. Folglich ging ich davon aus, dass er mehr der legere Typ und kein Anhänger der Fraktion freiwilliger Anzugträger war.

Ich fragte mich gerade insgeheim, wie sein After Shave wohl aus der Nähe duften mochte, als er mich genau in diesem Moment zum Tanzen aufforderte. Der Mann am Klavier spielte einen meiner Lieblings-Schmusesongs und ich legte meine Arme um seinen Nacken und schmiegte mich an ihn. Wie immer in solchen Momenten, wünschte ich mir dringend, die Welt würde aufhören sich zu drehen und dieser Augenblick würde ewig andauern. Zwei weitere Schmusesongs später passte kein Blatt Papier mehr zwischen uns beide. Ich hob ein wenig den Kopf, sodass sich unsere Blicke trafen und wir küssten uns endlich zum ersten Mal. Mein Magen kribbelte und meine Knie fühlten sich ziemlich weich an bei dem Gedanken, dass er wirklich gut küssen konnte.

Irgendwann machte die Musik Pause und wir kehrten an den Tisch zurück. Er rückte seinen Stuhl ganz nah an meinen heran, setzte sich, legte den Arm um meine Stuhllehne und streichelte mit der anderen Hand gedankenverloren über mein Bein, während wir krampfhaft versuchten, uns wieder ganz normal zu unterhalten. Mein rotes Abendkleid war seitlich hoch geschlitzt, sodass es im Sitzen sehr viel von meinen Beinen freigab, was meinem Verehrer nicht verborgen geblieben war.

Angie hatte natürlich bemerkt, was zwischenzeitlich vorgefallen war und verabschiedete sich unter einem Vorwand mit einem frechen, wissenden Grinsen von uns beiden. Ich wusste doch, dass ich mich auf sie verlassen konnte!

Keine 5 Minuten später waren wir bereits auf dem Weg zum Parkplatz bzw. zu ihm nach Hause. Gut, dass seine Wohnung nicht wirklich weit entfernt lag, da seine Konzentration nicht wirklich dem Verkehr außerhalb des Autos galt. Seine rechte Hand fand nur widerwillig den Weg von meinem Knie zurück zum Schalthebel und so war es auch für den Motor von Vorteil, dass wir bald am Ziel unserer Wünsche anlangten. Kaum hatte sich die Wohnungstür hinter uns geschlossen, flogen schon die ersten Klamotten wild durch die Gegend. Ich drehte ihn lachend so um, dass seine Rückseite mir zugewandt war. Anschließend legte ich die Arme um ihn und öffnete von hinten seine Hemdknöpfe und die Jeans. Ich versuchte mir dabei etwas Zeit zu lassen, was mir aber zugegebenermaßen schwer fiel.

Ich begab mich in die Hocke und strich seine Hose nebst Slip dabei ebenfalls nach unten und küsste anschließend sein nacktes Hinterteil, während meine Hände an der Vorderseite seiner Oberschenkel nach oben zwischen seine Beine wanderten und ich mit Begeisterung feststellte, dass sich dort inzwischen ein sehr ansehnlicher Handtuchhalter breit gemacht hatte. Die Innenseite seiner Oberschenkel reagierte sehr empfindlich auf die Berührung meiner Fingerkuppen und ich schmunzelte über seine Kitzligkeit. Er fiel in mein Lachen ein und ich prustete zurück:

"Bück dich du Stück!"

Er kam meiner Bitte auch sofort widerspruchslos und prompt nach. Ich legte beide Hände auf seine Pobacken und zog sie sanft etwas auseinander, um den Weg für meine Zunge frei zu machen. Ich leckte die Rückseite seiner Eier, die wunderbar rasiert waren, und landete dann an meinem eigentlichen Ziel – seiner Rosette. Die kreisende Umrundung derselben sowie die kleinen Vorstöße in ihre Mitte ergaben ein deutlich hörbares und zufriedenes Feedback seinerseits.

Wir landeten schließlich auf dem Megasofa im Wohnzimmer, das für unsere Zwecke wie gemacht zu sein schien. Mit seiner enormen Liegefläche hatten wir beide – egal in welcher Stellung – bequem zu zweit darauf Platz.

Er küsste meine Brustspitzen bis sie hart wurden und spielte mit den Händen weiter daran herum, während seine Lippen über meinen Bauchnabel weiter nach unten vordrangen. Seine Zungenspitze malte kleine, feuchte Muster auf meinem Bauch und das Kribbeln hatte sich nun eindeutig zwischen meine Beine verlagert. Ich war bereits mehr als nur feucht, als er endlich meinen Kitzler leckte. Ich wölbte mich ihm entgegen, so sehr sehnte ich mich danach, endlich seinen Schwanz in mir zu spüren. Doch vorerst steckte er mir nur zwei seiner Finger tief hinein.

Ich atmete schnell und stöhnte laut, als wir uns vereinigten, was ihn nicht zu stören schien. Ganz im Gegenteil – es spornte ihn eher an. Seine Stöße wurden schneller und ich bewegte mein Becken in seinem Rhythmus nach oben, sodass er noch tiefer und heftiger in mich eindringen konnte. Je näher wir dem Orgasmus kamen, umso enger schloss sich meine Möse um seinen prallen Schwanz und ich saugte mich förmlich an ihm fest. Diese Mischung aus höchster Erregung und einem leichten Schmerz wirkte fast wie eine Droge, von der man nicht mehr loskommt und auf die Dauer immer größere Dosen braucht.

Schließlich lag ich angenehm erschöpft an seine Brust gekuschelt, lächelte entspannt vor mich hin und überlegte im Stillen, ob ich den Inhaber dieses erfahrenen und sehr gut zu mir passenden Schwanzes gerne noch öfter genießen würde. Also nahm ich die Einladung für übermorgen zum Billardspielen gerne an, einfach nur, um festzustellen, ob dieser Schwanz auch tageslichttauglich und der Kopf darüber auch zu einer etwas längeren, unanstrengenden Unterhaltung fähig war. Schließlich ist es nicht unbedingt hinderlich, wenn man sich bei einer wie auch immer gearteten Beziehung auch für mehr als ein paar Minuten unterhalten kann, ohne dass lange, peinliche Pausen entstehen.

Billard und andere Kugeln

Es war kurz nach zwanzig Uhr, als ich vereinbarungsgemäß im Billardklub eintraf. Wie ich schnell feststellte, schien mein Outfit mit Jeans, Shirt und Cowboystiefeln ganz okay. Meine Haare hatte ich zu einem Pferdeschwanz zusammengebunden, sodass sie mir beim Anvisieren der Kugeln nicht ins Gesicht fallen konnten. Ich hatte zuvor nur zwei- oder dreimal Billard gespielt und war weit davon entfernt, mehr als nur den nächsten Zug vorausplanen zu können, aber es machte mir Spaß und ich war gespannt, ob meine männliche Neuerwerbung gut oder auch nur zum Vergnügen spielte.

Wie mir bereits bei seinem Anstoß auffiel, spielte Jack tatsächlich richtig gut. Er war sogar so gut, dass er mir ganz locker Nachhilfestunden gab und zwar ohne dabei auch nur im Ansatz arrogant oder überheblich zu wirken. Es machte wirklich Laune sich von ihm zeigen zu lassen, wie die richtige Armposition auf dem Tisch und am Queue war oder wie man den richtigen Anspielpunkt traf. Dabei kamen wir uns zwangsläufig sehr nahe, was mir vermutlich wegen unserer Vorgeschichte überhaupt nicht unangenehm war. Schließlich wusste ich schon, wie er nackt aussah und wie seine Küsse schmeckten. Auch konnte ich mich genau an seinen Duft erinnern und bekam jedes Mal eine kleine Gänsehaut, wenn er mich zufällig berührte oder mir auch nur so nahe war, dass ich ihn riechen konnte. Die Erinnerung an diese erste Nacht mit ihm war noch recht lebendig und bei dem Gedanken daran stellte sich schon wieder dieses verräterische Kribbeln zwischen meinen Beinen ein, dass mir sagte, dass ich feucht wurde. Ich hatte Lust, noch eine Runde mit ihm zu spielen, und zwar nicht nur Billard.

Ich beugte mich gerade wieder tief über den Billardtisch, um für den nächsten Stoß in der richtigen Position zu sein, als ich seinen Queue spürte, den er aufreizend langsam an meinem Oberschenkel entlang nach oben zog. Ich konnte nicht anders, als mir vorzustellen, dass dies sein harter Schwanz und nicht nur sein Spielgerät war, was da gerade so erregend zwischen meinen gespreizten Beinen bewegt wurde. Ich konnte mich nicht mehr auf Jacks Erklärungen konzentrieren, da ich all meine Aufmerksamkeit darauf verwenden musste, meine Hüfte still zu halten und mich nicht automatisch zu bewegen. Nachdem der Queue endlich auf der Verlängerung lag, spürte ich ein Bein zwischen meinen Oberschenkeln und Jacks Hüfte, die meine noch fester an den Tisch drückte. Er beugte sich über mich, um mir zu zeigen, wie ich am Queue entlang kucken sollte, um die weiße Kugel am richtigen Anspielpunkt zu treffen. Er führte meine Hand beim Stoß und korrigierte meinen Ellenbogen, und obwohl mir seine Nähe und sein Duft fast den Atem nahmen, fiel die farbige Kugel dank seiner professionellen Hilfe in die gewünschte Tasche.

Ich freute mich sehr über unseren gemeinsamen Erfolg und drehte mich spontan um, um Jack um den Hals zu fallen und ihn auf die Wange zu küssen. Da hatte ich aber die Rechnung ohne den Wirt gemacht, da er seinen Kopf im letzten Moment geschickt etwas drehte und meine Lippen so - von mir unbeabsichtigt - direkt auf seinem Mund landeten. Wir mussten beide über so viel Unverfrorenheit lachen und so wechselten wir zwischen Lachen und Knutschen hin und her. Es schien Jack nichts auszumachen, dass uns die anderen Besucher seines Clubs zusahen und so beschloss ich, dass mir das schließlich dann erst recht am Allerwertesten vorbeigehen konnte. Wenngleich ich insgeheim angenehm überrascht war, dass Jack offensichtlich nicht vorhatte, sein Verhältnis zu mir geheim zu halten.

Ein paar Minuten später korrigierte Jack meine Position am Tisch, indem er meine Taille mit beiden Händen umfasste und mich etwas nach rechts schob. Eigentlich hätte er mich dann loslassen können, tat dies jedoch nicht, sondern ließ seine Hände sanft meinen Oberkörper hoch wandern. Er zog sie erst langsam weg, als er bereits seitlich über meine Brüste gestreichelt hatte und seine Fingerspitzen dabei wie zufällig meine Nippel streiften, die bei dieser Behandlung dann auch prompt wie eine Eins hervorstanden. Ich sagte nichts, aber ich zog hörbar die Luft ein, da ich diesen Reflex nicht kontrollieren oder stoppen konnte. Jack lächelte nur und tat so, als wüsste er gar nicht, warum ich plötzlich so schnell und heftig atmete.

Ich versuchte mich auf das Spiel zu konzentrieren, doch es reichte, wenn ich beim Hochblicken zufällig seinen Blick streifte und ihm über den Tisch hinweg in die Augen sah, und schon verlor ich die Kontrolle und ich wollte nur noch mit seinen Bällen spielen und nicht mit den Kugeln auf dem Tisch. So genoss ich die Momente, in denen ich Jack einfach nur bei seinem Spiel zusehen und sowohl ihn als auch seine Treffsicherheit und sein Können bewundern konnte. Dabei fiel es wenigstens nicht so auf, wenn ich ihn oder seinen Hintern sehnsüchtig anstarrte. Die Zeit verging an diesem ersten Abend im Billard-Club wie im Fluge und mir fiel nicht einmal auf, dass wir irgendwann die einzigen Spieler in dem großen Raum waren. Erst als sich die letzten anderen Gäste von der Ferne verabschiedeten und Jack noch im Vorbeigehen zuriefen, dass er abschließen sollte, merkte ich, dass wir tatsächlich die letzten Gäste waren.

Wir waren kaum alleine, als Jack mich an sich zog und hart küsste. Ich war etwas überrascht von der Heftigkeit des Kusses und hörte nur so mit einem halben Ohr – wie durch einen Nebel hindurch – die Worte, die Jack mir heiser ins Ohr raunte:

„Ich würde dir gerne noch mehr beibringen, wenn du nichts dagegen hast."

Unfähig mich genau zu artikulieren, nickte ich lediglich, schloss die Augen und gab mich seinen Liebkosungen hin. Jack nahm meine Hände und zog mich mit sich in die Mitte der Halle. Dort befanden sich hohe Raumteiler aus Holz, die wie ein überdimensionaler Bilderrahmen aussahen. Sie trennten den öffentlichen Bereich der Spielstätte vom Trainingsbereich der Clubmitglieder ab. In der Mitte der recht stabilen Holzrahmen verlief ein Querbalken, der kleine Vertiefungen hatte, die zur Aufnahme der Queuespitzen dienten und somit als Halterung dieser. Jack nahm alle Queues aus einem dieser Raumteiler heraus und verschwand zu seinem Schließfach im hinteren Clubbereich, nur um kurz darauf mit vier Seilen zurückzukommen.

„Was hast du mit den Stricken vor, Jack?"

„Lass dich einfach fallen und mich machen Darling – du wirst sehen, es wird dir gefallen. Ich verspreche es, Nova.", antwortete Jack.

Er dirigierte mich sanft zu dem Raumteiler und zog mir erst das Shirt und dann ganz langsam die Jeans aus, während er jeden Zentimeter meiner nackten Haut mit Küssen bedeckte.

„Spreiz die Arme und halte dich fest! Ich will nicht, dass du umfällst!" hörte ich Jack sagen und schon umfassten seine geschickten Hände meine Brüste, die sich ihm trotz des BHs auffordernd entgegen streckten.

Er streichelte sanft darüber und ich begann mich unter seinen Händen hin und her zu winden. Gut, dass ich mich festhalten konnte. Er schob den Stoff zur Seite und seine Zunge tanzte sanft über die Spitzen meiner Brüste, die immer härter hervorstanden.

„Bitte nimm meine Nippel zwischen deine Lippen und saug dran!", hörte ich mich sagen.

Ich konnte nicht anders, ich wollte unbedingt, dass er mich berührte und seinem Trieb freien Lauf ließ, so, wie er mich zuvor schon geküsst hatte.

„Du willst es fester, härter – das kannst du haben meine Süße – kein Problem!"

Jack nahm sich zwei der Stricke und band damit meine Handgelenke links und rechts an die Balken. Dann stand er in seiner ganzen Größe ganz dicht vor mir und presste sich eng an mich. Er umfing mich mit seinen Armen und öffnete dabei den rückwärtigen Neckholder-Verschluss meines BHs.

Jack küsste mich hart auf den Mund, während seine Hand fest eine meiner Titten umfasste und meinen Nippel zwischen seinen Fingern quetschte und diesen zwirbelte. Nur, um gleich darauf hineinzubeißen und seine Finger fordernd in den Slip und zwischen meine Schenkel zu pressen und schließlich meinen Kitzler zu reiben. Die andere Hand drückte auf meinen Po, und dann zog er mir mit einem Ruck den Slip von den Hüften. Er ging in die Knie und hob erst das eine Bein und dann das andere an, sodass ich heraus steigen konnte. Nur noch mit meinen Cowboystiefeln bekleidet, konnte ich seine Zunge zwischen meinen Schamlippen spüren. Er hatte meinen Hintern jetzt mit beiden Händen umspannt und presste ihn hart gegen sein Gesicht. Doch schon nach viel zu kurzer Zeit hob er seinen Kopf und befahl mir mit rauer Stimme:

„Spreiz die Beine Darling, dann komm ich da besser ran!"

Daran wollte ich ihn selbstverständlich in keinem Fall hindern und tat, um was er mich gerade gebeten hatte.

Jack kniete sich hin und nahm meine Beine auf seine Schultern und richtete sich weiter auf, sodass ich auf seinen Schultern saß und er direkt in meine feuchte Spalte blicken konnte. Ich war seiner gekonnt leckenden Zunge komplett ausgeliefert und das fühlte sich wirklich gut an. Jacks Hände stützten meinen Po und pressten meine Schenkel und meine Schamlippen noch dichter an seinen gierigen Mund. Er züngelte weiter und ich konnte das nasse Schnalzen seiner Zunge hören, die mich schier um den Verstand zu lecken schien und keinen normalen Gedanken mehr zuließ.

Als Jack merkte, dass ich kurz vor dem Orgasmus war, zog er sich zurück und stellte meine Beine wieder auf den Boden. Bevor ich recht wusste, wie mir geschah, band er meine gespreizten Beine an den unteren Holzposten fest und streichelte unerträglich vorsichtig und langsam die Innenseite meiner Beine von meinen Knöcheln an aufwärts. Er berührte mich nur mit den Fingerspitzen, sodass ich erst nicht genau wusste, ob dies nur ein Lufthauch oder eine tatsächliche Berührung war. Jack tat dies so zärtlich und langsam, dass ich unwillkürlich meine Oberschenkel und Hüfte vor und zurück schob, da ich einfach nicht stillhalten konnte.

„Na wer wird denn so ungeduldig sein, Süße?", kam amüsiert Jacks Frage.
„Soll ich dich ein wenig härter anfassen – möchtest du das gerne?"

„Ja, bitte Jack – ich halte das einfach nicht länger aus!"

Ich hatte die Aufforderung kaum ausgesprochen, als Jacks Hände laut patschend auf meinen Pobacken landeten und dort sicherlich ein paar richtig rote Handabdrücke hinterließen. Ich erschrak etwas und spürte ein angenehmes Brennen auf meinen nackten Hinterteil. Um den Schlägen auszuweichen, zuckte meine Hüfte automatisch nach vorne und damit heftig gegen Jacks Unterbauch.

„Willst du dich nicht auch endlich ausziehen, Jack? Ich will deinen Schwanz nicht nur spüren, ich würde ihn auch gerne sehen. Komm schon, pack ihn aus!"

„Du willst meinen Schwanz, das kannst du kriegen, Nova."

Und schon flogen in hohem Bogen Jacks Kleidungsstücke durch die Luft. Ich konnte nicht umhin, seine Männlichkeit zu bestaunen, als er endlich ohne störenden Stoff vor mir stand. Jack sah nicht nur angezogen gut aus, nackt war er fast ein Gott und einfach zum Anbeißen lecker.

„Komm her zu mir! Ganz nah! Ich will deinen Schwanz zwischen meinen Beinen spüren! Jetzt sofort!"

„Du bist ja ganz schön gierig, meine Süße. Kann es sein, dass du geil bist?

„Dumme Frage, Jack. Natürlich bin ich geil. Halt endlich die Klappe und fick mich!"

„Nicht so schnell. Erst will ich dich noch ein wenig heißer und nasser machen".

So bekam ich zwar endlich seinen Schwanz, aber er glitt nur sehr, sehr langsam zwischen meine Beine. Ich stöhnte und bat Jack:

„Bitte mach schneller!"

„Willst du wohl still sein!?"

Seine Lippen umschlossen abwechselnd meine Nippel, und seine Zunge umspielte sie erst, bevor er sanft daran knabberte. Dabei hörte er nicht auf, seinen Schwanz langsam an meinem Kitzler zu reiben. Und immer wenn er fast in mich eindrang, versetzte er mir einen mehr oder weniger heftigen Klaps auf den Allerwertesten.

„Ich war ein ganz ungezogenes Mädchen, du solltest mir kräftig den Hintern versohlen, Jack!"

Vielleicht konnte ich ihn ja so dazu bringen, dass er mir seinen Schwanz endlich in meine nasse Muschi stieß. Und genau auf diese Ansage schien Jack gewartet zu haben. Sein Tempo nahm zu und wenn er mir jetzt einen Hieb auf den Po versetzte, dann stieß er auch tatsächlich tief in mich hinein und biss dabei in meine Nippel oder saugte so heftig daran, dass ich das Gefühl hatte, sie würden in die Länge gezogen. Alle meine Sinne waren in Aufruhr, alle meine Nervenenden waren gereizt und wir fickten uns das Hirn aus dem Leib.

Dies musste eine ganze Weile gedauert haben, denn die nächsten paar Tage machte sich jedes Mal schmerzhaft mein Hinterteil bemerkbar, wenn ich versuchte mich zu setzen, sodass dies nur vorsichtig möglich war; aber dafür hatte ich auch einen äußerst heftigen Orgasmus gehabt, der noch minutenlang nachschwang - nachdem Jack mich losgebunden hatte und ich meine etwas steifen Glieder wieder frei bewegen konnte.

Ich wollte mich wieder anziehen, als Jack mich bat, damit noch zu warten. Er kam mit zwei Gläsern Sekt zu mir zurück. Wir streichelten und küssten uns, als Jack mich fragte, ob es mir vorher genauso gegangen war wie ihm. Es hatte ihn tierisch angemacht, als er den Queue an meinen Beinen entlang zog, bevor er ihn in Position gelegt hatte. Ich bestätigte ihm, dass sich dies ähnlich wie ein steifer Schwanz anfühlte und Jack wollte dies gleich noch mal ausprobieren. Schließlich glitt so ein glatter Stock auf nackter Haut noch besser als auf Jeansstoff.

„Beug dich doch noch einmal über den Tisch und ich schnapp mir den Queue."

„Kein Problem, aber pass auf, dass ich nicht voller blauer Kreide werde", lachte ich.

„Keine Sorge, du kriegst nur das dicke Ende. Mit der kleinen Spitze könnte ich bei dir sowieso keinen Blumentopf gewinnen."

Ich stützte mich mit beiden Händen auf dem Rand des Tisches ab und spreizte die Beine, während ich mit dem Oberkörper über die Ecke des Billardtisches gebeugt war. Jack bewegte den Queue an meinen Oberschenkeln entlang und schließlich zwischen meinen Schamlippen. Genauso hatte ich mir dies vorhin schon vorgestellt – eine seltsame Mischung aus Erregung, Druck und kühlem Gleiten dieses hölzernen und sehr harten Schwanzersatzes. Jack legte einen Arm um meine Hüfte und spielte von vorne an meinem Kitzler, während er mit der anderen Hand immer noch den Queue dazu benutzte, meine Erregung weiter anzufachen. Das klappte mehr wie gut und auch Jack schien das anzumachen.

„Hast du einen geilen Arsch, meine Süße! Da kann ich einfach nicht anders als dich von hinten in deine geile Möse zu ficken. Also stütz dich gut ab, sonst schieb ich dich über den ganzen Tisch, du geiles Luder!"

Jack packte mit einer Hand mein Schlüsselbein und mit der anderen meine Hüfte und stieß heftig von hinten in mich hinein. Irgendwie hatte Doggystyle für mich immer etwas Animalisches. Es war einfach eine heftigere und andere Art miteinander intim zu werden und ich stand darauf. Wie unschwer zu hören war.

„Dreh dich um Süße, ich will dir in die Augen sehen, wenn ich dich ficke! Leg dich auf den Rücken und rutsch etwas weiter zu mir!"

Jacks Hände umklammerten meine Knöchel und spreizten meine Beine, seine Zunge leckte über meinen Kitzler und ich war schon wieder nahe am Höhepunkt. Jack richtete sich auf und drückte meine Beine fest zusammen, die nun kerzengerade nach oben standen. Ich bekam ein paar feste Schläge auf die unteren Pobacken, bevor Jack mit seinem steifen Schwanz diesmal nicht in meine Muschi, sondern in meinen Hintern eindrang. Ich schnappte unwillkürlich vor Schreck über die unerwartete Dehnung nach Luft.

„Wir brauchen hier ein bisschen mehr Schmierung, Nova. Spuck mir auf die Hand, dann kann ich deine Spucke als Gleitgel-Ersatz benutzen. Dann wird's gleich angenehmer. Komm schon, spuck einfach in meine Handfläche!"

Und tatsächlich, so funktionierte es deutlich besser und angenehmer. Aber vielleicht hatte ich mich auch zusätzlich etwas entspannt, nachdem ich mich von dem ersten Schreck erholt hatte. Diesen prachtvollen Schwanz tief in mir zu spüren, und auch noch im Hintereingang, fühlte sich einfach fantastisch an – kein Vergleich zu einem normalen Fick. Jack sah mir bei jedem Stoß in meinen Arsch tief in die Augen und ich konnte ihm den Spaß ebenfalls am Gesicht ablesen. Wie lange wir tatsächlich bis zum Orgasmus brauchten, kann ich gar nicht genau sagen. Einerseits schien es länger zu dauern, weil wir ja zuvor schon gekommen waren und andererseits fühlte es sich so anders an, dass es trotzdem gleichzeitig schneller zu gehen schien. Insofern war es kein Wunder, dass mich die nächsten Tage jeder Schritt angenehm schmerzend an diesen Abend im Billardclub erinnerte.

Ich back' mir meinen Traummann

Dieser Dienstagabend fing eigentlich ganz harmlos an. Ich verspeiste gerade einen Thunfischsalat nebst Toast und hatte es mir mit meiner Lieblingsdecke auf der Couch bequem gemacht. Das Vorabendprogramm war nicht allzu berauschend, als das Klingeln meines Telefons etwas unmelodisch die Intro-Musik des Krimis störte. Ich krabbelte aus meiner kuscheligen Decke und fragte mich insgeheim, wer jetzt wohl störte. Meine Nachbarin meldete sich am anderen Ende der Strippe und plapperte – wie immer – munter vor sich hin. Sie schien bester Laune und in Ausgehstimmung zu sein. Was ich ihr auch nicht verdenken konnte, da sie heute ihren neuen Arbeitsvertrag unterschrieben hatte. Sie freute sich schon sehr auf die neue Aufgabe und so beschlossen wir, uns in einer halben Stunde – aufgrund der Kürze der Zeit – nur mittelmäßig restauriert bei mir zu treffen, um anschließend etwas um die Häuser zu ziehen.

Unsere Rundtour begann bei unserem Stamm-Italiener um die Ecke, wo wir uns neben ein paar Pizzaecken auch noch etwas Rotwein und einen Espresso zum Start in den Abend einverleibten. Der Kellner war charmant wie immer und so zogen wir schließlich gutgelaunt und schon mit etwas Übung im Flirten ein paar Straßen weiter in die Karaoke-Bar. Hier gab es meine Lieblings-Caipi's und nachdem wir uns noch etwas Mut angetrunken hatten und unter Lachen festgestellt hatten, dass wir den Vergleich mit den Gesangskünsten der anderen Barbesucher nicht scheuen mussten, da diese mindestens genauso schauerlich klangen wie wir, trauten wir uns schließlich auch auf die Bühne. Unser „Last Christmas" von „Wham" wurde aufs Heftigste beklatscht und Madeleine und ich hatten viel Spaß.

Von einem Nachbartisch bekamen wir noch unverhofft Verstärkung für unsere Darbietung. Unsere neu ernannten Kavaliere boten sich ganz uneigennützig an, die noch fehlende dunkle Stimmfarbe zu unserem Auftritt beizutragen, da dieser Titel ja bekanntlich im Original von zwei Herren gesungen wurde. So viel Einfallsreichtum hatten wir nichts entgegenzusetzen und so grölten wir schließlich zu viert um die Wette. Dies fiel uns auch nicht schwer, da Tore und Niklas offensichtlich sehr fröhliche und auch nicht ganz unattraktive Vertreter ihres Geschlechts waren, die sehr zu unserer Freude in alten, viel zu engen Hosen und Hemden im Stil der 70er steckten und - im Gegensatz zu uns - wohl mehr als eine halbe Stunde mit der Vorbereitung dieses Abends verbracht hatten.

Nachdem wir noch zwei weitere Titel zusammen zum Besten gegeben hatten, war es an der Zeit, die inzwischen doch leicht strapazierten Ohren der anderen Gäste von unserem fröhlichen Quartett zu erlösen und so zogen wir uns unter allgemeinem Gelächter und Applaus zu viert an unseren Tisch zurück.

Wie sich herausstellte, arbeitete Niklas als Architekt und Tore war Bäckermeister von Beruf. Die beiden waren zusammen aufgewachsen und kannten sich schon seit dem Kindergarten. Deshalb war es auch bereits seit Jahren eine heißgeliebte Tradition der beiden, jeden ersten Freitag im Monat ihrer dringend benötigten Urschrei-Therapie in eben dieser Karaoke-Bar zu frönen. Die beiden waren also im Gegensatz zu uns bereits alte Hasen im Showbiz.

Irgendwann im Laufe des Abends kamen wir unter anderem auch auf ihre Vorliebe für Kostüme zu sprechen, da es ansonsten ja üblicherweise die Damen sind, die sich gerne mal verkleiden. Unsere anfängliche Befürchtung, dass Tore und Niklas evtl. nicht he-

178

tero sein könnten, hatte sich bereits nach einigen Minuten verflüchtigt, da wir heute anscheinend die Flirts für uns gebucht hatten.

Die beiden hatten ihren Faible für aufwendige Outfits aus ihrer Liebe zum Theater entwickelt, da beide in einer Laien-Theatertruppe aktiv waren, die drei- bis viermal im Jahr ein neues Stück einstudierte und dieses anschließend mehrfach auf den verschiedensten Kleinkunstbühnen der Stadt aufführte.
Das erklärte auch das völlig lockere Auftreten der beiden vor dem Bar-Publikum, da sie es vom Theater her gewohnt waren, vor sehr viel mehr Leuten öffentlich aufzutreten und sich im Gegensatz zu uns dazu vorher keinen Mut antrinken mussten. Im Gegenteil – sie schienen richtig Spaß dabei zu haben, sich vor ihren Zuschauern zu profilieren und badeten gerne in der Aufmerksamkeit und dem anschließenden Applaus der Zuseher bzw. -hörer.

Da der Abend inzwischen schon weit fortgeschritten war und wir irgendwann tatsächlich die letzten Gäste waren, beschlossen wir, die Location zu wechseln und bei Niklas noch einen Absacker zu nehmen.

Niklas wohnte in einem aufwendig restaurierten Altbau inmitten eines kleinen hübschen Gartens nur einige Querstraßen von der Bar entfernt, sodass wir an diesem noch lauen Herbstabend die relativ kurze Strecke dorthin zu Fuß zurücklegten. Dabei durchquerten wir auch einen kleinen Park, in dem unsere Begleiter spaßeshalber zu edlen Rittern mutierten, die sich, anstatt mit Degen, mit zwei langen, herunter gefallenen Ästen duellierten und hin und wieder auch einen der armen, am Wegesrand stehenden Büsche erstachen, um uns davon zu überzeugen, dass sie uns problemlos vor all dem Bösen dieser Welt beschützen konnten, was da so nachts in einem kleinen harmlosen Stadtpark lauern mochte. Madeleine beschloss, dass so viel Tapferkeit vor dem nicht vorhandenen Feind umgehend belohnt werden musste und schnappte sich kurzerhand Niklas' Schultern, hielt ihn fest und küsste ihn ungeniert mitten auf den Mund. Woraufhin sich Tore lauthals beschwerte, dass er mindestens genauso mutig alle imaginären Feinde erledigt hatte und mir so eine völlig unverfängliche Ausrede bot, ihn ebenfalls zu küssen. Seine Lippen waren sanft und schmeckten nach mehr und so kamen schließlich zwei Arm in Arm dahinschlendernde neue Pärchen in Niklas' Zuhause an, die sich vor ein paar Stunden noch gar nicht gekannt hatten und außerdem alle zuvor noch Singles waren. Wie das Leben manchmal so spielt.

Tore schien sich vor dem Ausgehen – sehr zu meiner Freude – frisch rasiert zu haben, sodass ich morgen hoffentlich keine verräterischen roten, wund geriebenen Hautstellen am Kinn bzw. um die Lippen spazieren tragen würde, die mir schon mehr als einmal das wissende und teilweise auch etwas neidische Gelächter meiner weiblichen Kolleginnen eingebracht hatten und stets eine Welle von neugierigen Fragen zum gestrigen Abend provozierten, die ich dann ausweichend bis gar nicht zu beantworten versuchte. So wie sich dieser Abend zu entwickeln schien, würde es morgen tatsächlich eine Menge zu erzählen geben.

Tore verströmte einen männlich herben, aber für meine Nase sehr angenehmen Duft, sodass ich mich immer mehr zu ihm hingezogen fühlte. Es war überhaupt nicht unangenehm, jemandem vor vier bis fünf Stunden noch völlig Fremden so dicht an mich heranzulassen. Das war ansonsten nicht meine Art und auch Madeleine schien sich und Niklas bereits als eine Einheit zu betrachten, da auch die beiden die

Hände und die Lippen nicht voneinander lassen konnten.

Niklas' Wohnung war zwar eher etwas nüchtern und funktionell eingerichtet, trotzdem fühlten wir uns gleich wohl, was nicht zuletzt an der angenehmen Gesellschaft und den Cocktails lag.
Da es sich um ein einzeln stehendes Haus handelte, störten wir niemanden, als wir die Sing Star-DVD in die Playstation einlegten und noch ein paar weitere Lieder durch die altehrwürdigen Räume des Hauses hallten.

Inzwischen war es schon wieder sehr früh und draußen begann sich der Himmel im Osten bereits wieder in den ersten rosa Tönen zu verfärben. Weshalb wir Tore schließlich in seine Backstube begleiteten, da anderenfalls das halbe Stadtviertel an diesem Samstag auf seine Frühstücksbrötchen hätte verzichten müssen.

Wir bekamen eine Kurzeinweisung in die wichtigsten Handgriffe, bei denen wir Ungelernte mithelfen konnten und Tore und Niklas begannen routiniert Gebäck, Brötchen, Brote und Torten fertig zu stellen. Niklas half Tore öfter mal aus, wenn er Zeit hatte und in der Bäckerei gerade einmal wieder Not am Manne war. Wir durften mit großen Handschuhen bewaffnet die Brote und Brötchen aus den Öfen holen und in die Körbe des Ladengeschäftes verteilen. Riesige Rührer anwerfen, um den Brotteig herzustellen bzw. diesen, als ihn die Jungs in die richtigen Einzelportionen zerteilt hatten, nochmals mit der Hand durchkneten. Es dauerte nicht lange und wir waren alle voller Mehl und rohem Teig, aber bester Laune. So allmählich begann es auch verführerisch nach frischen Brötchen zu duften und wir bekamen alle Hunger. Gut, dass auch alle Zutaten für Würstchen im

Schlafrock vorhanden waren, sodass wir uns in kürzester Zeit ein leckeres Frühstück zu dem frischen, dampfenden Kaffee zaubern konnten. Wir hatten in der ganzen Aufregung nicht mitbekommen, dass es in der Zwischenzeit bereits sechs Uhr dreißig morgens geworden war und wunderten uns, als plötzlich Tores zwei Verkäuferinnen an der hinteren Backstuben-Tür klopften und ihren Dienst begannen. Nachdem die letzten süßen Plunderteilchen rechtzeitig aus dem Backofen gerettet waren, beseitigten wir noch rasch die Spuren unseres morgendlichen Treibens und begaben uns eine Etage höher in Tores Wohnung, um uns zu duschen und uns wieder salonfähig zu machen.

Wir ließen Madeleine und Niklas den Vortritt im Bad und deckten inzwischen den großen Esstisch in der Wohnküche für vier Personen für einen ausgedehnten Brunch, da wir zuvor jeder nur ein Würstchen im Stehen und auf die Schnelle zu uns genommen hatten. Deshalb wollten wir das richtige Frühstück jetzt in aller Ruhe und gemütlich zusammensitzend nachholen. Nach all der Schufterei hatten wir uns das schließlich redlich verdient.

Während Tore und ich also den Tisch deckten und uns hin und wieder neckten und küssten, klang fröhliches Gequietsche aus dem Badezimmer zu uns herüber. In der Küche spielte zwar das Radio, aber Madeleines Stimme war hin und wieder deutlich zu vernehmen und es klang durchaus interessant und sehr appetitanregend, was dem Geruch der von unten mitgebrachten Croissants und Brötchen in nichts nachstand. Ich war schon sehr gespannt, wie die Dusche oder die Badewanne wohl wäre und warum die beiden dort so lange nicht mehr herauskamen, aber Tore hatte mir strengstens verboten, auch nur durch das Schlüsselloch zu spähen. Ich würde mir nur die Überraschung verderben und sollte meine Ungeduld noch etwas zügeln, was bei einer gleichzeitigen zärtlichen Umarmung und einem superheißen Zungenkuss durchaus schwer fiel.

Ich mochte seine Berührungen, um nicht zu sagen, ich war verrückt danach und spürte deutlich, wie mein Körper auf seine Nähe reagierte. Meine Brustwarzen stellten sich auf, mein Atem ging schneller, ich spürte dieses Ziehen zwischen meinen Beinen, die warme Feuchte dort, die mein Verlangen nach ihm auch äußerlich nur allzu deutlich machte. Ich wollte seine nackte Haut unter meinen Händen spüren, ihn ausziehen, auf das Bett werfen und endlich mit ihm schlafen, nachdem wir uns nun bereits seit Stunden mit dem Vorspiel aufhielten. Ich konnte und wollte ich nicht mehr lange warten. Auch die Arbeitsunterbrechungen konnten meine Phantasie nicht beruhigen und ich hatte mir schon die verschiedensten Szenarien in meinem Kopf ausgemalt, wie es wohl wäre, mit Tore intim zu werden.

Dies schien auch Tore nicht entgangen zu sein, denn ich konnte in seinen Augen die gleiche Sehnsucht nach einer Vereinigung entdecken, die ich gerade sehr deutlich spürte. Dennoch verstand ich seine Aussage, die er nur kurz aber laut in Richtung Badezimmer rief, nicht auf Anhieb. Er teilte Niklas durch die geschlossene Türe mit, dass es wohl noch eine Viertelstunde dauern würde, bis wir mit den Vorbereitungen für das Frühstück fertig wären und so maß ich diesem Zwischenruf auch keine weitere Bedeutung bei.

Das sollte sich jedoch sofort und schlagartig ändern. Tores Küche hatte eine U-Form und an deren offenem Ende stand ich gerade, als er mich kurzerhand hochhob und auf der Arbeitsplatte absetzte. Seine Hand drückte meinen Oberkörper sanft nach hinten, während er mich leise darum bat, mich zu entspannen, hinzulegen und den Aperitif zu genießen. Ich lehnte mich zurück und schloss genießerisch die Augen. Ich spürte wie er den Verschluss meiner Jeans öffnete und meinen Po etwas anhob, damit er sie mir ausziehen konnte. Jetzt erst dämmerte mir, dass seine beiläufige Aussage von vorhin wohl eine Anweisung an Niklas gewesen war, sich noch mindestens eine Viertelstunde von der Wohnküche fernzuhalten.

Also beschloss ich, Tore aufgrund der gebotenen Eile etwas zur Hand zu gehen und öffnete zuerst meine Bluse und dann auch meinen BH. Tores Hände fühlten sich heiß und trotzdem weich an auf meiner nackten Haut, und als er mit beiden endlich von meinem Becken zu meinen Brüsten hoch gewandert war und diese festhielt bzw. mit den Lippen an meinen harten Brustwarzen sog, konnte ich das Stöhnen nicht mehr zurückhalten. Das fühlte sich noch weiter besser an, als ich gehofft hatte. Er wusste genau, wie er die Spannung aufrechterhalten bzw. noch steigern konnte. Er nahm die Hände nicht von meinen Brüsten, spielte jetzt aber mit sanftem Druck mit seinen Fingern an meinen Nippeln und drückte sie zusammen, während seine Lippen und seine Zunge langsam nach unten zwischen meine Beine wanderten. Ich bog den Rücken durch und spreizte ganz von selbst die Beine noch etwas weiter, als er bedächtig langsam von der Innenseite meiner Schenkel wieder zurück in die Mitte und damit endlich an meinen schon sehr feuchten Kitzler zurückkam.

Er leckte mich erst aufreizend langsam und sanft, und schließlich schneller und härter. Und erst als ich schon dachte, mein Kopf und noch so anderes mehr würde gleich platzen, drang er in mich ein. Auch hier zuerst unendlich langsam, bis ich ihn fast anbettelte, mich endlich richtig zu ficken. Tief, hart, schneller – und ich kam innerhalb nur weniger Sekunden. Wobei ich nur ein ganz klein wenig schneller war als Tore. Ich konnte die kleine Explosion in mir deutlich spüren, als sein Samen herausgeschossen kam.

Ich kann im Nachhinein nicht sagen, ob wir schneller waren als die Zeitvorgabe oder Madeleine und Niklas uns einfach etwas mehr Zeit gelassen hatten. Auf alle Fälle waren wir bereits wieder angezogen, als die beiden frisch geduscht und mit einem glücklichen Lächeln endlich das Badezimmer verließen und sich vier sehr entspannte Leute zu einem ausgiebigen Frühstück am Esstisch niederließen. Es wurde viel gelacht, aber trotz des inzwischen reichlich genossenen Kaffees und Tees, machte sich irgendwann die allgemeine Müdigkeit breit und Madeleine und Niklas wollten in dessen Wohnung noch etwas von dem verpassten Schlaf nachholen, sodass Tore und ich das Aufräumen in der Küche erstmal auf später verschoben. Wir zogen uns in den Whirlpool im Badezimmer zurück, der das Warten wirklich wert war.

Tore setzte sich auf die darin befindliche Stufe und ließ mich auf seinen Schoß rutschen. Ich hielt mich an seinen Schultern fest, als er die Massagedüsen anschaltete, und ließ mich genüsslich auf seinem harten Ständer nieder, den ich gierig in mir aufnahm. Ich spannte meine Beckenmuskulatur an, um ihm ein möglichst intensives Gefühl zu vermitteln, und mir natürlich auch. Ich ritt auf seinem Schwanz, der nun noch tiefer in mir steckte, zu meinem zweiten Höhepunkt an diesem noch jungen Tag, während seine Lippen an meinen Nippeln saugten. Der Whirlpool war warm und sein Wasser spritzte mir ins Gesicht, während sich meine Muschi mit seinem ebenso warmen und spritzigen Sperma füllte.

Die bei weitem angenehmste Methode, die ich kenne, um Backrückstände vom Körper gerubbelt zu bekommen.

Erotische Literatur von K.D. Michaelis
erschienen als **eBook's** im Club der Sinne®
- direkt beim Verlag auch als pdf erhältlich -

Im Fitnessstudio lernt Nova den attraktiven Ben kennen, mit dem sie die Leidenschaft für Sex-Rollenspiele und die Lust, immer neue Sex-Abenteuer zu erleben, teilt. Gemeinsam leben sie ihre BDSM- und Rollenspiel-Phantasien aus – was sie in 7 Kurzgeschichten quer durch das Stockholmer Nachtleben, diverse Betten und Nachtclubs und zu überaus geilen neuen Partnern führt.

ISBN 978-3-95527-691-1   3,49 €

Begleitet Nova durch 10 erotische Kurzgeschichten, die eine Menge an prickelnder Erotik in den verschiedensten Spielarten zu bieten haben und in denen unter anderem auch der leidenschaftliche und gutaussehende Jonas wieder eine tragende Rolle spielt. Denn je mehr sie über ihn nachdenkt, umso klarer wird ihr, dass sie seine durchaus härtere Gangart beim Sex unheimlich anmacht. Besonders deshalb weil sie bei ihm nicht nur devot, sondern auch mal dominant sein kann. Ein spannendes und aufregendes Spiel mit dem Feuer beginnt im ansonsten eher kühlen Norden Europas.

ISBN: 978-3-95604-078-8   3,49 €

Weitere Titel von K. D. Michaelis
erschienen als **eBook und** in **Buch**form bei:
TWENTYSIX – Der Self-Publishing-Verlag
Eine Kooperation zwischen der Verlagsgruppe
Random House und BoD – Books on Demand

Dummdreiste Durchschnittstypen, Jammerlappen, Verbal-Erotiker, Libertiner und Nymphomaninnen - so erkennt man sie ganz leicht.

Das große Glossar erklärt neben Arabischen Küssen und HÜ-Party, auch internationale Abkürzungen und Begriffe, wie z.B. BDSM, Cuckolding, Cross-Dressing. Squirten oder Dragqueens.

Dazu gibt es Tipps für das eigene Profil, das richtige Interpretieren fremder Profile und für das erste Date nebst Erfolgsstrategie.

2. Auflage (164 Seiten) ISBN:
Buch   978-3-740-72987-5   9,99 €
eBook 978-3-740-71857-2   6,99 €

1. Auflage (140 Seiten) ISBN:
Buch   978-3-740-71253-2   9,99 €
eBook 978-3-740-73650-7   6,99 €